如意劫

冯玉奇 ◎ 著

民国武侠小说典藏文库·冯玉奇卷

中国文史出版社

目 录

第一章

凤凰坡兄妹显神通

"黄叶无风自落，秋云不雨长阴"，这两句话真一些也不错。秋天带来了萧瑟的情调，令人会感到一些凄凉的意味。夕阳向西而坠，两旁浓密的树林，那绿油油的枝叶儿上也笼罩了一层红粉的色彩，显得无限的美好。

黄昏的空气是分外的静悄，仿佛孩子沉睡在慈母怀中一样的恬穆。突然间一阵嗒嗒的马蹄声，冲破了这四周的寂寞。这就见那万绿丛中飞驰来两骑马匹，上面坐着一男一女，年纪都还只有十五六岁。男的身穿一袭紫色缎的大氅，头上紫色缎巾勒额，旁边缀着一个粉红色的鸳鸯结，脚下抓地虎头鞋，背上插着一柄长剑。生得眉清目秀，唇红齿白，英武中带着婀娜的气概，确实是个很俊美的少年。女的身穿葱绿色的袄儿，外披一袭绣花红缎的披肩，头上绾着两个螺丝髻，十足还显出一个小姑娘的样子。只见她面如满月，眉不画而翠，唇不点而红。两道剪水秋波，盈盈欲活，尤令人感到娇憨可爱。

原来这两个年轻的男女，就是白犹龙和他的妹子白小鹃。他们从云南昆明拜别了爸妈云生和晴鹃，妹妹往大理县罗家集外祖罗鹏飞那儿去探亲，哥哥到四川姑爸柳文卿那儿去拜望。兄妹俩

1

在途中经过许多曲折离奇之事，始在柳文卿那儿相会。结果，众小侠遂到白雀寺去向圆明僧报仇，险些被照峒祖师悟空道人害了性命。后来孝感动天，所以昆仑祖师阿耨尊者精一和尚也便翩然下山相助，终于报了这件大仇。以往之事，均在《血海仇》说部中表过不提。

且说白犹龙兄妹俩在文卿姑爸府上住了数月，和秦天仇、柳若飞、柳小萍、陆豹、陆青鸾等小兄弟小姊妹早晚在一块儿练剑游玩，十分快乐。光阴匆匆，不觉已到秋凉天气未寒时了！犹龙因思离家已久，那天抬头见空中飞过雁阵，不免起了归思，生怕爸妈记挂，遂向姑爸文卿辞别。柳文卿因犹龙一表人才，武艺超群，且又救了自己女儿小萍的急难，所以欲把小萍许配与他。犹龙虽然满心欢喜，但未得父母同意，故而不敢贸然答应。后来还是小鹃做主，她说爸妈那儿，自当代为陈说。于是彼此交换信物，小萍以项下一块血红的如意石交与犹龙，犹龙亦把身上那条鸳鸯宝带交付小萍。到了次日，这才匆匆而别。

兄妹俩一路向云南进发，行行重行行，不觉暮云四布，乌鸦吱喳归巢，显然天色将晚。犹龙勒住丝缰，回眸向小鹃望了一眼，问道："天色已夜，这儿又无宿店，如何是好？妹妹腹中不知可有饥饿吗？"

小鹃一撩眼皮，微笑道："我没有饿，哥哥若饿了，我缠袋内有饼。没有宿店，咱们就不妨走一夜，那要什么紧？"说着，在马上撩过手来。犹龙去接，果然有五六个小小的金钱饼。因为妹妹既这么说，他便吃着饼儿也就不作声了。这时两人已并辔而行，犹龙见小鹃望着自己抿着嘴儿只管憨憨地娇笑，遂又问道："妹妹干吗老望着咱笑？难道我脸上有什么花纹吗？"

小鹃道："花纹倒没有，我问你句话，你只知道拿了饼就吃，不过你晓得这饼是打哪儿来的吗？"

犹龙被妹妹这么一问，倒是愕住了一回，摇头笑道："我不知道是打哪儿来的，心里也真奇怪呢！怎么妹妹的缠袋内竟变出饼来了？"

小鹃扑哧一笑，说道："你瞧嫂子是想得多么周到，她昨天夜里特地叫柳笛去买了来，亲自交给我放在缠袋内。说在路上没有饭店的时候，可以聊作点心之用。如今哥哥不是正配着胃吗？所以我说哥哥也不知打哪儿来的艳福，竟得了小萍表姊那么一个美丽的妻子，岂不是叫妹妹也代为欢喜煞人吗？"

犹龙微红了脸，笑了一笑，说道："所以世事真不可捉摸，姻缘乃前生注定的呢！不过所遗憾的是小萍表妹没有武艺，因为际此弱肉强食的时代，若没有本领，是很容易吃亏的。"

小鹃秋波向他一瞟，说道："其实女孩儿家要不了什么天大的本领，比方像二舅妈春燕，她有精熟的武艺，到现在还不是藏着没有用出来吗？"

犹龙听妹妹提起二舅妈柳春燕，因为自己没有到罗家集去过，所以对于二舅妈究竟是个怎么样的女子当然还不知道。他把嘴里吃着的饼全都咽了下去，向妹妹又问道："我听爸妈常说二舅妈的厉害，说幼年的时候就闻名四海。天下多少绿林好汉，无不甘拜下风。若听'柳春燕'三个字，都会望风而逃。我也真不知二舅妈是个怎等样人，难道长着三头六臂不成……"犹龙望着暮霭天空中飞舞的落叶，很怀疑地说道。

小鹃早已向他啐了一口，忍不住伏在马背上哧哧地笑起来了。犹龙见了妹妹这个神情，心里很是奇怪，忍不住开口又问道："妹妹，你笑得这分样儿干什么？我这话可是说得不对吗？你是曾经到云南大理县去过的，最好告诉我一些。大舅父、二舅父、大舅妈、二舅妈他们到底是个怎样的人？听说有两柄太极阴阳剑，不是都在二舅父和二舅妈的手中吗？"

小鹃这才停止了笑，坐正了身子告诉道："二舅妈人家真生得美丽呢！现在虽然三十开外的年纪了，但风韵犹不减当年。你怎么说她长了三头六臂？那不是成了鬼王了吗！"

犹龙听了，也忍俊不禁，说道："原来二舅妈是个美人儿，我以为江湖上好汉见了她都会害怕，还不是有着三头六臂特别的功夫吗？"

小鹃秋波白了他一眼，忍不住抿着嘴儿又好笑起来。一会儿方说道："大舅父罗秋岚和我爸爸原是师兄弟，大家都是屠龙客的徒儿。二舅父罗海蛟是峨眉老人朱菲子的徒儿，本领都是了不得的。只有大舅妈史箫凤却和我未来嫂子小萍表姊一样的，也是弱不禁风，一些武艺都没有。"

犹龙点了点头，忽然又伸过手去，说道："妹妹，饼还有吗？"小鹃于是在缠袋内又抓了一把交到他的手里。犹龙见仍旧只有五六个，遂笑道："妹妹也真小气的，五六个饼一回，就是拿上十回我也吃不饱！"小鹃听他这样说，心里有些生气，把小嘴儿一鼓，说道："你这是什么话？你不见我的手小吗？一把就只有五六个可以抓呢！这饼原是嫂嫂预备着给你吃的，我敢小气吗？现在这样吧，我连缠袋都交给了你，那终好了。"

小鹃说到这里，又嫣然地一笑，解下身上的缠袋，交到他的手里去。犹龙见妹子薄怒娇嗔的意态，心中倒又急起来，连忙摇了摇手说道："我原和妹妹说句玩笑话，你就认起真来，那不是叫我感到没趣吗?"小鹃笑道:"谁跟你认真?这缠袋怪重的,我拴着很累,就哥哥给我代拴着吧!"犹龙这才接过,拴在腰间。伸手也抓了一把饼交到小鹃的手里去,说道:"天色是越来越黑了,时候真的不早,妹妹也吃些垫垫饥。"

小鹃明眸只管望着前面的树林,很随口地答道:"我很饱……"犹龙没等她说下去就更急道:"这样子你还不是仍旧跟我生着气吗?"

小鹃其实心中原在想着自己的心事,今被哥哥这么说,她就忙回头伸手来接了去,不料却有好多个全都掉到地下去了。这就笑道:"哥哥的手真比我大得多,这一把最起码就有十来个吧!"犹龙这才放下了心,望着她粉颊笑道:"妹妹,我们再闲谈一会儿。那么小凤姊姊、成祖弟弟、小蛟哥哥、小燕妹妹你也都碰见过了,他们的武艺怎么样呢?"

小鹃刚才所以出神想的心事,原是小蛟这个表哥。因为自己这次往罗家集去,路过大塔寺,曾经被广法僧用迷药晕倒。要不是小蛟表哥相救的话,恐怕自己早已失身在贼秃的手中了。不过自己女孩儿的身子,是已被小蛟表哥完全地瞧见过了。想着哥哥和小萍的婚姻,自然亦想起自己的终身,不知和小蛟表哥是否有团圆的日子?虽然住在罗家集的时候,小蛟对待自己是非常多情,小燕在旁也时时取笑,因为自己的身子被小蛟瞧见这一回事情,小燕这妮子是完全知道的,不过我俩的婚姻究竟还是悬着呢!

小鹃正在暗自沉思,听哥哥又这样问,遂把乌圆眸珠滴溜地转了转说道:"说起来是很奇怪的,大舅妈是文的,所以小凤姐、成祖弟也手无缚鸡之力。这次成祖弟赴省城考试,半途遇到歹徒，还全亏青鸾妹妹搭救的哩！至于小蛟表哥和小燕表妹那就不同了，他们的本领可真了不得，而且拿了二舅父、二舅妈的太极阴阳剑，可真是威风。"

犹龙听了，心里很是羡慕，遂忙问道："那么妹妹和他们相较也差不多吗？"小鹃摇头道："恐怕不及他们多了。我觉得在几个兄弟姊妹中，我的本领是最低弱的一个呢！"犹龙笑道："太客气，太客气！"小鹃啐他一口，不禁又为之嫣然笑了。

这时空中完全已现出了紫褐的颜色，从几片灰白的浮云堆里露出一个挺大挺圆的明月来。她有些娇羞似的吐着那一缕缕清澈而玉洁的光芒，笼罩着整个的大地。犹龙兄妹两人的影子和马的影子都映在地上非常清晰。夜是静悄悄的，温情中带了美丽的风韵。两旁树林矗立在云霄，把浓密的绿叶盖成了一扇天然的屏风。四周是寥寂十分，除了平原上送过来一片秋虫唧唧的鸣声外，只有含着节拍的马蹄声，嗒嗒地在空气中波动。

小鹃望着静夜中的景致，心里感到有些高兴，在月光下绕过媚意的俏眼儿，向犹龙逗了那一瞥妩媚的目光，笑道："哥哥，我可惜不是个画家，不然我一定画几幅自然的风景画。我又可惜不是个诗人，否则我也一定作两首美丽的诗句。"

犹龙听了，不禁扑哧一笑，说道："妹妹，你这几句话不说也得……"谁知犹龙话还未完，突然听得一棒锣声，接着有一片呐喊和厮杀的声音，远远地从夜风中吹送过来。小鹃慌忙停马不前，颦蹙眉尖，说道："这是怎么一回事？"

犹龙向前望了一望，见是一座很险恶的山岭，遂说道："前面一定是盗匪出没之处，莫非正在劫夺过路的商客吗？"小鹃点头说道："哥哥的猜想不错，我们且过去瞧个仔细。若果然是盗匪抢劫良民，咱们就杀他一个片甲不留，也好给社会除去一害，你瞧怎么样？"犹龙把头一点，两腿在马腹上紧紧一夹，松了马缰，两骑马匹这就哗啦啦地飞驰过去。

到了山前，只见那边平原上有许多喽啰围成了一个圈子，里面有两条好汉正在交手。犹龙小鹃在清辉的月光之下，见一条好汉生得一副雷公的脸，尖嘴小鼻，长得非常可怕。另外那条好汉二十七八，生得一副白净的脸儿，倒也气概不凡。两人手中各执武器，那时这个雷公嘴的大汉把手中两条九节钢鞭，舞动得生龙活虎，把那白净脸儿的打得只有招架的能力，没有还击的余地。四周的喽啰，更是呐喊助威。那好汉胆怯，连招架的能力也渐渐地消失了。就在这个当儿，那个雷公嘴的突然飞起一腿，把他踢倒在地，抢步上前，举起钢鞭就打将下去。

说时迟那时快，小鹃道："瞧来尖嘴的绝非善良之辈，待吾助他一臂吧！"遂在镖袋内摸出一支银镖，向那边抛了出去。只听当的一声响，不偏不倚的齐巧打中在他的钢鞭上。钢鞭受了震动，打下去的力量就顿了一顿。那跌在地上的汉子慌忙跃身跳起，意欲夺围而逃，不料众喽啰就更围了拢来。

这就恼怒了犹龙，拔出背上的长剑，一马放了过去，口中犹大骂道："好大胆的狗强盗！欺侮一个单身汉，羞也不羞的？"说着话，马儿已到。剑光起处，只见血肉横飞，人头滚滚乱抛。杀得喽啰们喊爹哭娘，纷纷向后溃退。

雷公嘴的方欲结果那汉子的性命，不料突然有人来救，心中勃然大怒，喝声："喽啰们退过一旁，待老夫生擒小子！"说着舞动钢鞭，便直取犹龙。犹龙哪里放在心上，把剑格了上去，只听当的一声，顿时火星直冒，稍觉虎口作痛。到此方知尖嘴的厉害，遂不敢轻敌，小心迎战。那白脸的汉子见有人前来助战，心中大喜，遂握了大刀，也加入作战。尖嘴的汉子脸无惧色，而且精神百倍，愈战愈勇。

小鹃站在斜坡上瞧此光景，生怕哥哥有失，遂在镖袋内又摸出一支银镖，对准雷公嘴的打了过去。雷公嘴的正杀得兴起，突然腿上一软，身子便倒了下去。喽啰们见大王摔倒，早已一哄上前，抢了身子就逃奔上山。犹龙放马欲追，却被那白脸好汉叫住了，说道："小英雄！穷寇莫追，放了他去吧！"

犹龙听他言之有理，随即回身下马。那好汉即上前叩谢救命之恩，犹龙忙也还礼不迭，笑道："好汉你可谢错了，你的性命倒另有其人相救的哩！"说着回头向斜坡上一招手，只听一阵马蹄声响，早已过来一骑马匹，上面跳下来一个美丽的姑娘，盈盈含笑，意态可人。犹龙笑道："那支镖原是我妹子小鹃放的。"

那好汉听了，立刻施礼，并问犹龙尊姓大名。犹龙一面告诉，一面还问他道："好汉贵姓大名？不知如何同那贼交战的？此贼姓甚名谁？还请一一告我是幸。"那汉子道："在下姓赵名药枫。说起那贼名叫孙灵精，绰号赛悟空，原是凤凰坡的寨主。在下路过这儿，谁知他们便拦住去路，要咱留下通路费才能过去。他妈的！咱想路是皇上的路，如何任他们这般强盗横行？所以杀了几个，这厮也就亲自出马了。两个小英雄是到哪儿去的？"

犹龙回眸向险恶的山岭瞧了瞧，心中暗想：原来这儿就是凤凰坡。遂说道："咱们兄妹是回云南去的，因错过了宿店，所以索性连夜赶路，不料却遇见了老兄。"赵药枫笑道："正是巧极，那么咱们找个坐处休息休息可好？请两位只管上马吧！"犹龙和小鹃于是跃身上马，却是按辔缓步而行。

药枫说道:"离此十里有个小小的村落,咱们可以前去借宿,两位何不放马疾驰呢?"犹龙说:"我们放马疾驰,老兄步行奈何?"药枫毫不介意地说道:"不妨,我自当追随可耳!"

犹龙听了,好生犹疑,暗想:此人莫非是神行太保吗?小鹃听他口说大话,遂要试试他的行路究竟如何快速。便即扬起一鞭,只见马蹄四脚腾空,飞驰而去。犹龙见妹妹已去,于是也疾驰飞跑。约莫半个时辰,忽听后面有人叫道:"两位小英雄且停住了马,前面就有借宿之处了。"

犹龙和小鹃回头望去,只见赵药枫面不改色,不吁不喘,果然在后面尚缓步而行,一时心中大奇。犹龙不禁笑道:"老兄神行之速真令人敬佩得很!"药枫却谦让道:"这些小技何足道哉!"说着奔上几步,已抢过他们的马前,伸手向前一指说道:"你们瞧那边有灯火射出,可不是有了人家吗?"

于是犹龙兄妹下马,牵了马缰,和他一同步到村前。不料就有几头猎犬迎面奔来,汪汪地狂吠。就在这时,院子里有个老媪走出,喝道:"阿黄不得无礼,快快回来。"说也有趣,几头猎犬听了喝声,便摇头摆尾地回身而走。犹龙、小鹃遂上前求宿,那老媪见是两个年轻的男女,遂点头笑着答应,请三人进内。

犹龙、小鹃把马拴在院子里的树干上,大家到了草堂坐下。老媪泡上三杯茶,问了三人姓名。犹龙也问了她的姓氏。她说:"龚姓,儿子大狗,原是行猎,今晚往镇上朋友家里去游玩,想是不会回来了。"说着便回身料理房间。这里犹龙和赵药枫闲谈了一会儿,倒也颇觉投机。不多一会儿,龚氏就来请三人安歇,因为知道他们的关系,所以收拾两间卧房。犹龙兄妹合住一室,药枫一人一间。他向两人点头道声晚安,遂各自回房去了。

犹龙兄妹进了卧房，遂即关上门。两人在桌旁灯下坐了一会儿，犹龙见妹子翠眉含颦、杏眼微凝，仿佛在想什么心事般的，遂低声地问道："妹妹，你想什么心事呀？"小鹃听了，遂点了点头，说道："我觉得那个赵药枫，恐怕也不是个好人吧！"犹龙奇怪道："妹妹何以见得？"

小鹃微红了两颊，雪白的牙齿微咬红的嘴唇皮子，沉吟了一会儿方才轻声地说道："刚才我们坐在草堂上，他不是和哥哥聊着天吗？妹子见他口里虽然和哥哥说着话，两眼却只管向我身上瞧。我细窥他的意思，似乎他有些存心不良。而且此人两眼含糊，脸虽然很是英俊，终不像是个侠义英雄。所以我们明天该和他快快分手，因为此种小人，是避而远之为妙的。"

犹龙听了这话，摇了摇头，笑道："那是妹妹细心过分了一些了。你说他向你呆瞧，那么你不是也去瞧他的吗？假使你不去瞧他的话，你怎么知道他是来瞧着你呢？难道说你去瞧着他也是心中存着不良吗？"

小鹃被哥哥这么一说，连耳根子也羞得绯红起来了，噘着小嘴儿，恨恨地啐了他一口，娇嗔道："哥哥忘记了爸妈的话吗？说现在这个时代，都是知人知面不知心的。在外面交朋友，是更应该要谨慎小心才是。若一不小心，就有失足的可能。像天仇表哥的爸爸秦小官，他在山上的时候，是个多么有抱负的少年英雄。后来结交了圆明僧，终于跟着糊涂起来，结果弄得自刎身死，那是多么令人感到痛惜！而且害苦了我们的表姨妈薛香涛。记得妈告诉我的时候，小官姨爹自刎身死，可怜天仇表哥还在姨妈的腹中呢！妈妈是曾经叫我监视你的行动，你若不听从我的话，我回家之后一定叫妈罚你哩！"

犹龙听妹妹絮絮地说了这一大套的话，神情非常可爱，遂不禁笑了起来，说道："我也不是一定要和赵药枫交朋友，而且又不是不肯听从妹妹的话。既然妹妹有这个感觉，那么我们明天就和他分手是了。你何必要回去告诉爸妈，就是我挨了爸妈的责罚，你不是也没有什么好处的吗？"小鹃听哥哥话软了下来，秋波逗给他一个媚眼儿，抿嘴扑哧一笑，也就不言语了。

两人呆坐了一会儿，这时犹龙在怀内又摸出那块血红的如意石来，在灯光下细细地把玩了一会儿，觉得红润如玉，光泽可爱。上面贯了一条粉红色的缎带，打了一个很美丽的鸳鸯结。犹龙瞧了此石，脑海里便浮现出柳小萍的粉脸儿，真是眉如春山远隐，眼若秋波细横。芙蓉其颊，杨柳其腰，浅笑含颦，美目流盼。这种风流妩媚的神情，真够令人意销心醉的。犹龙满心眼儿里充满了甜蜜的滋味，他的嘴角旁不自然地透露出一丝笑意来。

小鹃瞧此情景，一颗芳心也暗自羡慕，遂伸手问他要过了这块如意石，也细细赏玩了一会儿，说道："这块如意石是小萍表姊项下贴身之物呢！她把这块如意石给你作交换的信物，我知道她是含有些身子终跟着你的意思，你说对吗？"

犹龙不好意思说"是的"，所以微红了两颊，只是傻笑。小鹃把如意石交还了他，明眸神秘地瞟了他一眼，笑道："好好藏着吧！"

犹龙伸手接过，遂又藏入怀内，向小鹃有些央求似的说道："妹妹，这头婚姻我本来是不敢答应的，因为我们到底没有问过爸妈哩！如今是你拿了主意，那么在爸妈那儿，妹妹是千万要给我好好陈说的。虽然这是姑爸柳文卿的意思，但没有向爸妈请一个示，到底觉得有些孟浪吧！"

小鹃笑道："这个我当然会向爸妈说的。爸妈一听有个这么好性情好模样的媳妇儿，还不欢喜得咧开嘴儿笑吗？所以哥哥对于这一点，是不用担忧的。只不过妹子帮了你的忙，你该拿些什么东西来谢谢我呢？"

　　犹龙望着妹妹娇憨的粉颊，倒是愣住了一回，笑道："你说吧，妹妹喜欢我怎么谢，我就怎么谢。"小鹃扑哧地笑道："你心里猜一猜，我喜欢哥哥谢什么？"犹龙把手搓了搓，沉吟着笑道："那叫我怎么能猜得着……"说到这里，眼珠一转，忽然"哦哦"了两声，笑起来道："我知道了，我知道了。"

　　小鹃听哥哥这两句"我知道了"的话中，仿佛是含了一些神秘的作用，遂正着脸色问道："你知道了什么？哥哥不可以胡说的，否则我就不依你。"

　　犹龙并不因她预先声明而转变了话锋，他依然笑嘻嘻地说下去道："天仇表哥生得一表人才，而且武艺出众，我瞧将来前程远大。若和妹妹配成一对，也是一头美满的姻缘呀！所以我回家后一定向爸妈表达这个意思，叫人前去做媒，能够促成良缘，那么在你我说起来不是'投我以桃，报之以李'了吗？"

　　小鹃听他果然说出这一些话来，把两颊真羞得像一朵玫瑰似的娇红，咬着嘴唇皮子，忽又啐他一口，恨恨地嗔道："我就知道你说不出什么正经话来的……"犹龙笑道："这话是再正经也没有的了，妹妹心中难道还不喜欢天仇表哥吗？"

　　小鹃听了，低着头，并不作声。一会儿，才抬起蛾首，秋波掠了他一眼，说道："哥哥你不知道吗，天仇表哥人家和小燕表妹早已爱上了呢！"犹龙哦了一声，笑道："原来如此。那么妹妹一定和小蛟表哥爱上了是不是？"

小鹃也想不到这句话却被哥哥说到心眼儿里去，一时芳心别别乱跳，两颊愈加娇红，嫣然地一笑，却又低头不答。犹龙瞧此光景，觉得自己的猜测也许是对的，便很得意地笑道："可不是？妹妹，你别赖，我这么一猜就猜着了呢！"说着，便哈哈大笑起来。

小鹃被他笑得难为情极了，遂把纤手向他扬了一扬，做个要打的姿势，嗔道："你再胡说，我就捶你！"说时，秋波又逗给他一个妩媚的白眼。但不知有了怎么一个感觉之后，忽然她把纤手缩回来，按到她樱口上去，故意打了一个哈欠，说道："时候真的不早，我们睡了吧！明天还得赶路哩！"

犹龙遂也停止了笑，站起身子，见上下首铺着两张床，遂问道："妹妹睡哪一张床上？"小鹃道："随便哪一张都行。"说时已步到上首那张床前去了。

犹龙于是脱了衣服，上床就寝。忽然感觉胸口好痛，伸手一摸，原来是那块如意石，遂从贴身小衫内取出，放在枕儿旁边。忽然他又拿到嘴上去吻了一吻，自己也忍不住哑声儿笑出来了。犹龙含了一颗甜蜜的心，拥抱着被儿，沉沉地去找寻他的好梦了。也不知经过了多少时候，犹龙在睡意朦胧中，忽然被妹妹尖锐的叫声吵了醒来。

不知究竟为着何事？且待下回再行分解。

第二章

亡命徒断臂为女色

"女孩儿家心细如发"，这句话虽然不能说完全的对，但至少也是不十分的错。小鹃见了赵药枫的神情之后，她就和哥哥说这人绝非善良之辈。后来被犹龙拿别的话一混过去，这件事竟也忘记了。诸位在瞧过《剑侠女英雄》和《血海仇》说部的当然已经很明白赵药枫是怎等模样的一个人了，不过在这儿作书的还是不得不向未曾瞧过以上两书的读者做一个简单的介绍。

赵药枫的绰号叫作黑夜百里，健步如飞，原是云南大塔山麒麟寨中十二大头目之一。自从"白面书生"何人杰想偷盗罗小燕的那匹玉兔追风龙驹，因此引起罗小蛟、秦天仇、柳若飞等一班小英雄大闹麒麟寨，把个寨主滚江龙唐天兆活活气死，其余的头目，也是死的死、伤的伤。

这一次战争，麒麟寨是大失了面子的。军师赛诸葛林中鹤见事已如此，也只好先立了寨主再作道理。当时众头目选举翻山虎虞地江做寨主，其余头目各升一级。不料过了几个月，黑夜百里赵药枫为了一个女子，竟和翻山虎闹了意见，于是他便愤愤地割席而去。

赵药枫即脱离了麒麟寨，心中暗想：我还是到四川凤凰坡投奔赛悟空孙灵精去，此人也是一条好汉，先前和清风寨小阎罗陈康龙一样的威风。现在陈康龙已死去多年，孙灵精的声势当然是更加浩大了。赵药枫想定了主意，遂一马离了云南，向四川而去。

这日到了凤凰坡的山前，见形势果然雄壮险恶，若和麒麟寨相较，真可称为姊妹寨。一时心中大喜，遂急急拍马向前。谁知这个当儿，前面那座密密森林中蓦地飞射出来一支响箭。赵药枫不慌不忙，遂即伸手接住，在背上拿下雕弓，把那响箭搭上弓弦，向森林中射了回去。树林内有伏路小头目守候着，见响箭射回，知道来人不是外家，遂一棒锣声，和百余个小喽啰早已奔出林外，一字排开。那个小头目向赵药枫高声地喊道："马上英雄哪一路到来？"赵药枫遂在马上抱拳答道："相烦通报寨主，云南麒麟寨赵药枫特来问候。"小头目一听，便即说声"英雄请稍待片刻"，便一骨碌翻身，遂即飞奔上山。

约莫顿饭时分，只见孙灵精率领大小头目，一齐迎接下山。赵药枫见了，慌忙滚下马背，这里早有小喽啰牵过马匹。赵药枫到了孙灵精的面前，很恭敬地行了一个礼，说道："孙大哥，久违了！怎的有劳大驾远迎？罪甚！罪甚！"孙灵精拉了赵药枫的手，那张尖嘴儿一张，便先打了一个哈哈，笑道："赵贤弟，说哪儿话来？难得你不远千里而来，真叫愚兄欢喜之至！快请厅中去坐吧！"说罢，于是大家步上山去，直向聚义厅走来。

赵药枫一路上瞧着那些羊肠小路，怪石突兀，奇峰矗立，不觉赞不绝口，连说"好地势好地势"。孙灵精听了，心中好不得意。在聚义厅中把药枫又向诸头目一一地引见毕，然后分宾主坐下。孙灵精开口问道："赵贤弟一向得意，宝寨兵精粮足，想来声势一定是更浩大的了。"谁知赵药枫听了，却是深深地叹了一口气，说道："老大哥再不要问起了，小弟命途多舛，所以竟到处碰壁哩!"说着，遂把秦天仇等大闹麒麟寨气死唐天兆的事情，并翻山虎专权所以自己脱离的话，向他详详细细地告诉了一遍。同时又道："现在小弟的意思，很愿意到大哥手下来效些劳，不知道大哥肯收留吗?"

孙灵精听他告诉了后，方才知道他的来意，遂微蹙了浓眉，沉吟了一会儿，说道："贤弟肯委屈前来投奔，愚兄当然十分欢迎。不过我所考虑的，是翻山虎得悉了后，他不是要和我结怨了吗?"赵药枫听了，知道他是好胜的个性，于是拿话去激他说："那么以大哥这样一位盖世英雄，难道倒怕起一个小小的翻山虎来了吗?"孙灵精被他这么一激，果然激得两颊绯红，说道："好吧，那么请贤弟就在这儿多多帮忙。不过这里有一个军纪，无论谁都要遵守的。不然，军法无情，定不轻饶，所以在事先不得不向贤弟告诉一声。"赵药枫忙道："这是理所当然的事情，小弟岂敢破坏寨中军纪。但不知是哪一条，敢请大哥详细告我是幸。"孙灵精说道："待愚兄念给你听吧! 本寨大小头目若有抢劫妇女作奸污之行为者立斩。此条贤弟切勿相犯，不然愚兄亦不能负责矣!"赵药枫笑道："这些小事，岂敢有违! 大哥放心，小弟若犯了此种行为，大哥就立斩是了。"孙灵精听了大喜，遂猛可握住了他的手，连连摇晃了一阵，说道："天下多少英雄，哪个不贪女色。贤弟若能遵守，乃真英雄也!"说着，吩咐摆席，与赵药枫新头目接风。这里二头目魏彪、三头目时针、四头目徐清等一旁相陪饮酒。

赵药枫虽然是喝着酒，心中可在暗暗地细想：我在前时也曾听到孙灵精有个怪僻，就是生平不贪女色，这一点使绿林好汉无不为之敬服。我眼前虽然答应了他，不过我只要在寨中不玩弄女人，也就是了。至于在外面的事情，也就不和他相干的了。药枫打定主意，很快乐地举杯喝酒。

酒至半酣，小喽啰报告香烛已点。孙灵精于是离座而起，执了他手，很得意地笑道："愚兄今日得贤弟相助，实长吾一臂膀也。鄙意欲和贤弟结为八拜之交，不知贤弟意下如何？"赵药枫见他如此相爱，不禁大喜，遂笑道："大哥这样见爱，小弟真感激不尽矣！"于是两人对着云长关公的神像，拜了八拜。从此以后，赵药枫在凤凰坡便坐了第二把交椅。可是魏彪、时针、徐清三个头目心中非常不受用，但亦无可奈何，只有暗暗发恨而已。

且说光阴匆匆，不知不觉地又过去了数月。这是一个秋天的黄昏里，孙灵精和赵药枫等一班头目正在聚义厅里共商大事，忽然见小头目张豹、王忠两人押着一男一女从寨门外进聚义厅里来。张豹上前跪了半膝，向孙灵精报告道："大王爷，小的在山下捉到两只肥羊，衣箱包袱颇众，请大王爷发落。"赵药枫抬头用两道锐利的目光，向前望了下去。

只见那个男的是个员外装束，年约五十许，生得三绺长髯飘在胸前。虽然被捉，却脸无惧色，而且满脸显现了十分威武不能屈的神气。女的是个闺阁千金打扮，年约十五，生得柳眉杏眼，婀娜多姿，堪称绝代美人。她大概是因为害怕和羞涩的缘故，所以羞答答地低下了头，愈显楚楚令人爱怜的风韵。赵药枫瞧此佳人，心不禁为之怦然欲动矣！

正在这时，听孙灵精向那员外喝道："你这厮姓甚名谁？知道过此山路，有什么规矩吗？"那员外冷笑了一声，说道："咱姓李名国良，路乃当今皇上之路，人人均可通行，难道还有什么规矩吗？这个我倒不知道，请道其详。"孙灵精这人说也好笑，是吃硬不吃软的，如今被李国良这么一抢白，他倒是愕住了一会儿。然后方才徐徐地道："此山是我堆，此路是我开，你要走过去，需拿路钱来。"这四句话倒有些仿佛一首五言诗，听到博古通今的李国良的耳中，倒忍不住笑起来，说道："老夫所有衣箱什物都已被你部下劫夺，汝既抢人钱财，又捉我父女来此，意欲何为？"

说时小喽啰们已把他的衣箱什物都搬上厅来，孙灵精遂吩咐打开盖儿来瞧，见果然有不少珍贵的东西，心中大喜，遂向国良说道："本大王发个慈悲，饶你们不死。今日天色已晚，明天放你们下山。"说罢，喝声"把他们送入后寨"。于是张豹和王忠遂押了国良父女到后寨一间房中，嘭的一声，把门关上，他们就各自走了。

诸位你道李国良是何等样人？原来他是四川省的抚台大人，为官清正，铁面无私，因此结冤朝廷首相张自忠，张自忠在皇上面前奏了一本，将他贬为长寿县的县令。国良原无意于功名，所以也不以为意，遂和女儿云英整理行装，匆匆就道。不料经过凤凰坡的山脚下，却被孙灵精部下捉到山上来了。

且说云英已是吓得芳心欲碎，脸上沾着无数的泪痕，几乎失声哭泣。国良劝她道："孩子别哭，我命在于天，岂人力所能做主。我们有命的，当然自会放我们下山，若没有命的，这也是劫数之内的了。"说到这里，又抚云英的背脊，感叹地说道，"想汝幼年丧母，依依膝下，十有一载。每思欲得一快婿，则可免汝跟父受奔波之苦，奈未遇相当之人才，至迟迟尚未许人。今父老矣，虽死于贼巢，亦无所惜。只是累苦了孩子，叫为父的怎不心痛若割呢？"言讫，也不禁为之老泪纵横。

云英听了这话，更加悲酸，泪水扑簌簌得仿佛雨点一般地滚下来，父女暗自悲伤了一回。天色已晚，喽啰们送饭进来，见两人哭泣的情景，便笑道："你们不用伤心，咱们大王说话并不会赖的，他答应明天放你们回去，当然不会长留你们在山上的。得了得了，吃饭吧！"说着，望了他们一眼，又笑嘻嘻地走出去了。国良遂擦了眼泪，向云英道："你饿了没有？吃些吧！"云英恨恨地道："饿死了我也不想吃强盗的饭呢！"国良叹道："事到如此，还有什么办法。饿坏了身子那也犯不着，你就多少给我吃一些，反正他答应明天放我们回去，你就忍耐这么一晚吧！"

不料正在说时，门外笑盈盈地走进一个汉子来。这汉子是赵药枫，诸位当然明白，他自从见了云英之后，一颗心就觉得十分不安静，荡来荡去，仿佛有些失魂落魄的样子。虽然孙灵精的军纪是这样的严格，可是他已完全忘记了，心中暗想：放着这么一个美人儿不去受用，那不是发傻劲儿吗？赵药枫想到这里，他觉得全身都是勇气，真所谓色胆大如天，他的两脚会不由自主地跨进房中来。

国良当时见了药枫，心中吃了一惊，身子便站了起来。云英更吓得愕住了，躲到国良的身后，瑟瑟地发着抖。药枫见他们这样害怕的神情，遂竭力把脸显出十二分的和善，轻轻地叫道："李老伯，你不要害怕，我不是强盗，我是好人啦！"国良一面拉住云英，一面向药枫打量了一下。只见他生得一副白净的脸蛋，似乎没有像那个尖嘴小鼻的怕人，心中暗想：也许真的他是好人。遂问道："请问壮士贵姓大名？既不是强盗，莫非来救咱们父女的吗？"赵药枫点了点头，笑道："在下姓赵名药枫，正是特地来搭救你们父女的。不过咱有个小小的条件，李老伯不知道能够允许我吗？"

李国良听了，有些猜疑的神气，说道："赵壮士说哪儿话来？咱们的性命也正要仗你相救哩！老夫如能够答应的，岂有不答应之理。"赵药枫听了这话，心中大喜，便抢步上前，即向国良跪倒，拜了四拜，起来说道："既承岳父大人答应，小婿在这儿拜见了。"国良一听这话，知道姓赵的也是强盗无疑，心中勃然大怒，圆睁虎目，大声骂道："你这不知廉耻的狗强盗，你……你……你说的什么话……"国良又气又急，几乎全身发抖，不料赵药枫被他这一骂，不免恼羞成怒，猛可伸手过去，抓住了国良的衣襟，飞起一腿。可怜国良竟被踢倒在地，痛得爬不起来。

赵药枫踢倒了国良，就直扑云英。云英那个娇小的身子，在赵药枫粗暴的手腕之下，真仿佛绵羊见了猛虎，小鸡遇到了老鹰，被药枫早已搂抱在怀，啧啧两声，先吻了两个嘴儿去。云英又羞又急，因为是羞得有些过了分，所以羞的成分倒被愤怒占据了去。她猛可撩上手来，向药枫的颊上狠命地一抓，几乎把药枫的脸抓出血痕来。药枫负痛，心里暗想：一不做二不休，我既被她抓痛，当然在她身上是需要得一些甜蜜的。这时药枫的心里根本已没有了"廉耻"两个字，所有的是一个挺大的"欲"字。因此他不管三七二十一的把云英抱到那张床上去，伸手就去扯她的小衣。

云英芳心这一急，真是非同小可，一面用手去挡他的进展，一面大喊"爸爸救命"。这时国良跌在地上，爬又爬不起，帮又无从帮起，眼瞧着女儿被这强盗硬生生地压在床上。他心中的愤

20

怒和焦急，也真非作者一支笔所能形容其万一的了。不料就在这千钧一发之时，门外突然闯进一个大汉，他瞧此情景，真是怒不可遏，遂大骂："好小子，胆敢破我军纪，该当何罪？"

原来在云英大喊救命的时候，齐巧被魏彪听见了。他在窗口见这个情景，心中大喜，暗想：咱正苦没有方法害死你，你今犯了军纪，那真是自寻死路了。所以魏彪急急去报告孙灵精。孙灵精得此消息，便三脚两步地赶到房内，谁知果然如此，他这一愤怒，顿时暴跳如雷。

赵药枫正欲享受温柔的滋味，突然听此喝声，知道寨主到来，急得丢下云英，便把身子闪过一旁。说时迟那时快，孙灵精一个箭步，早已到了他的面前，伸手把药枫胸部抓住，喝道："狗东西，你来寨时如何说法？今既犯法，汝又有何说？"赵药枫到此，也下不了面子，冷笑了一声，说道："孙灵精，你想得明白一些，咱可不是你寨中的头目。汝既翻脸无情，咱就和你到山下去见个高低。你有本领把我杀了，我有本领，嘿……这座山寨就是我的地盘了。"孙灵精一听这话，真是气得怪叫如雷，把脚一顿，说道："好！你这负恩忘义的王八，老夫若杀不了你，誓不为人。"说罢，也不和他计较，拉了他的手，向外便走。

这时魏彪、时针等众头目早已知道寨主和二头目翻脸了，一面假意相劝，一面却暗暗监视药枫的行动，于是大家向山下而去。到了凤凰坡的山脚下，孙灵精和赵药枫两人站定了门户，说了一声"请"，两人各执武器，便厮杀起来。魏彪生恐赵药枫逃走，所以吩咐小喽啰把他团团地围起来。药枫瞧此情景，一则心虚，二则确实不是孙灵精的对手，所以没有打到二十个回合，他就被孙灵精一脚踢倒在地。

也许是赵药枫命不该绝，竟被白犹龙兄妹俩解去了这个危险。犹龙一味地把他认作了好人，谁知赵药枫本是个狼心狗肺的奴才哩！原来药枫见了小鹃之后，心里又不住地荡漾，暗想：美貌的姑娘何其多也，这岂不是我命中该有温柔的滋味可以享受吗？赵药枫既存了这么一个心，你想，叫他独个儿睡在房中还能够合眼吗？他望着桌上那一盏豆火似的油灯，眼花缭乱，似乎见到了云英刚才被自己扯下小衣后的白白一段肉。啊哟，那真够魂销呀！可恨这孙小子，硬生生地破坏了我的好事，岂不叫我心头可恨吗？但是这一段肉无论如何是尝不到了，除非在白小鹃身上得一些好处了。不过这妮子是个有本领的人，假使不肯答应我的话，当然很辣手。反之，她愿意跟我玩玩儿的话，这味儿一定是不错了。

赵药枫想到这里，心里一阵奇痒难抓，同时又有一团火样热的东西直灌注到他身上一部分上去，竟起了异样的变化。这时赵药枫再也控制不住他内心欲火的燃烧，遂打开窗户，轻轻地跳到院子外来，被几阵夜风的吹送，使他内心稍感到舒服一些。于是他蹑着脚，悄声地步到白犹龙睡的卧房，偷眼从纸窗破洞里窥进去。只见他们兄妹俩还是坐在桌旁闲谈着，同时又见犹龙手中拿了一块血红的如意石，细细地把玩着。一面又侧耳听他们谈些什么话。约莫半个时辰后，方见他们兄妹自管到床上去安歇了。

赵药枫站在月光下，蹙起了眉尖，不免沉思了一会儿，暗想：听两人的谈话，竟是柳文卿的内侄儿女了。大概柳文卿女儿柳小萍配给白犹龙作妻子的，这块如意石当然也是小萍给他作信物的了。但他们说的天仇、小蛟、小燕，不知又是什么人呢？

药枫想了一会儿，又出了一回神，方才挨近窗旁，再把眼偷望进去。只见两人已躺在床上了，青纱帐子都放下着。上首一张床的旁边，却没有鞋子，下首一张床的前面，只有犹龙一双快靴。一时好生奇怪，小鹃她睡到哪儿去了？

于是他放大了胆子，把窗户轻轻设法拉开，纵身跳入室内。先挨近下首床边，伸手撩起纱帐，见只有犹龙一个人睡着。正欲放下帐子的当儿，忽然给他瞥见了枕儿旁边有块血红的物件。仔细一瞧，正是犹龙刚才手中拿着把玩的那块如意石。药枫心中一动，遂伸下手去，把它拿来，藏入怀内。一面移步到上首的床边去，轻轻地掀起纱帐。果然见小鹃仰面睡在床上，弓鞋却没有脱去。

药枫见她两颊微晕，仿佛一朵四月里的蔷薇，娇嫩无比，柳眉淡淡的，好像是一钩下弦的月亮，星眸微闭，长睫毛连成一条线，小嘴儿端端整整地合着，鼻声鼾鼾，吹气如兰，这一副美人的睡态，是太够人销魂了。赵药枫的神魂有些飘荡起来，他已忘记一切，猛可扑下身子去，对准她的小嘴儿喷喷地吻了一个够。

小鹃睡着原是很机警的，怎禁得药枫这么的一阵狂吻，当然是醒了过来。睁眸见身上伏着一个人，拼命地向自己嘴儿狂吻，一时心中的羞恨，真到了极点，便用尽生平的气力，将药枫身子直推开了五六步以外。她一面大叫，一面纵身从床上跳起，那时药枫已跳出窗外。

待犹龙穿好快靴奔出，见妹子和赵药枫拳来脚去已在院子里大打起来，还听妹子口中娇声叱道：“好个负恩忘义的奴才！刚才姑娘救了你的性命，你不思图报，反来欺侮姑娘！哼！哼！你这王八还是人类的一分子吗？简直比畜生都不如。姑娘若不结果你的狗命，怎消姑娘心头之恨！”

犹龙听了这话，心中早已明白，暗想："我怪妹妹细心过度，谁知竟被妹妹猜中了。"一时愤怒非常，大喝一声："狗贼，看剑！"说着话时，一个箭步，身子早已滚到药枫的面前。手起剑落，只听哧的一声，药枫的左臂竟向空飞去了。药枫这一痛苦，真是痛彻肺腑，大叫一声"哎哟"，身子早已跌倒地上。

犹龙抢上一步，把他身子一脚踏住，扬了扬宝剑，厉声喝道："你要死要活？"药枫到此，只好哭丧着脸，求饶道："小英雄饶命，咱自知错了。"犹龙遂回头问小鹃道："妹妹可曾吃这贼子的亏吗？"小鹃红晕了两颊，摇头说道："幸而妹子发觉得早，所以不曾受亏。"犹龙这才放了他，向他冷笑道："小爷慈悲为怀，饶你一条狗命。从今以后，快快改过自新。否则，早晚逃不了小爷的手中，还不快滚吗？"药枫站起身子，连连称是，忍痛跳出院子，狼狈逃去。

小鹃鼓着红红的两腮，秋波逗给犹龙一个娇嗔，说道："哥哥，你现在知道了没有？世界上的人心是多么险恶啊！"犹龙笑道："可是这贼虽不死，也够痛苦了。"说时，两人都从窗口跳入房中，预备仍旧安睡。不料小鹃听犹龙大喊"不好了"，遂慌忙问道："哥哥，什么不好了？"犹龙道："我放在枕边那块如意石不见了，莫非被这王八偷去了吗？"小鹃听了这话，拔剑在手，说道："想此贼一定还在这儿相近，咱们追上去可耳！"犹龙点头称是，遂和妹妹几个纵跳，身子早已跳出了院子外面。

只见月光之下，依稀地仿佛有个黑影，向西奔窜而去，于是兄妹两人也就仗剑追赶一阵。约莫奔跑了十余里路程，却不见有赵药枫的影子。小鹃顿足说道："糟了，这贼子健步如飞，刚才和马儿也赛跑哩！咱们怎么追得上他？"犹龙也懊恼刚才不该多事，以致反而累了自己，不觉呆了半晌。忽然抬头见凤凰坡又在眼前了，灵机一动，忙说道："妹妹，咱想这贼子既然不是好种，恐怕他说的全是谎话，也许和凤凰坡里强盗有关系的，我们且上去探听探听好吗？"小鹃沉思一会儿，说声"也好"，遂和犹龙飞步偷偷地上山，蹿上了聚义厅的屋顶，俯身向下面厅内一望，真是吃了一惊。

你道为什么？原来厅上绑着一男一女，上身精赤。旁边的小喽啰手执利刃，仿佛正预备把他们开胸膛的模样。这一男一女究系何人？且待下回再行分解。

第三章

探贼巢无意救忠良

　　诸位你道被绑的那一男一女是谁？原来就是李国良和他的女儿李云英。孙灵精不是说明儿放他们下山吗，怎么忽然又要把他们杀了呢？说起来也好笑，孙灵精因为既没有杀掉赵药枫，而且自己腿上反中了一镖，所以心中非常恼恨。幸喜小鹃用的并非毒药镖，魏彪、时针、徐清等头目都忙着前来问安。孙灵精一面把裤脚扯破，一面拔出银镖，只见腿上血似泉涌。魏彪拿布给他擦净血水，然后涂上伤药，向他劝慰道："受伤之人，不能过分动怒，寨主还是请回房去休养休养。待伤愈之后，咱们再设法报仇是了。"孙灵精也觉腿酸痛，遂让众人扶着回房，躺在床上，魏彪等方才道了晚安各自退出。

　　孙灵精虽然躺在床上，却再也睡不着，心中一会儿想赵药枫的可恶，一会儿想那少年的多事，一会儿又想放镖的实在可杀。想道：老夫纵横天下三十年，可从来也没有吃过这样的亏，谁知今日却伤在他们这班鼠辈的手里。孙灵精越想越恨，越恨心越烦躁。他的意思，最好把赵药枫和那少年及放镖人立刻亲手杀死，斩为肉泥，这才消了心头之恨。但想是这么想，一时里又到哪儿去找他们呢？因此他把一肚皮的怨气都发泄到李国良父女的身上

26

去，暗想：我生平最恨的是女子，不料女子果然是害人的祸水。赵药枫假使没有见到那姑娘，他也不会起什么淫心，他既不起淫心，我和他如何会翻脸？照这样一步一步地想下去，我腿吃这一镖，还不是那姑娘害我的吗？他妈的，我若不先杀了这两个王八羔子，叫我今天晚上怎么能够睡得着？

孙灵精想到这里，便从床上跃身而起，立刻传令大小头目在聚义厅里议事。魏彪等得此消息，当然非常奇怪，只听孙灵精愤愤地说道："老夫今日吃亏，细细想来，实是李国良父女所害。故本大王意思，非把他们连夜杀死不可。"说罢，一声令下，喽啰们早已把李国良父女簇拥上来。孙灵精见李云英果然美丽非凡，国色天香，仿佛牡丹花开。不过在他眼中看来，愈是美丽，祸水愈大。所以他向云英戟指骂道："你这不要脸的贱人！为什么你要生得这样美丽，害得老夫大失面子。今日若不把你剖腹而死，怎出我心头一口怨气？"骂罢，吩咐把他们剥衣绑起。

李云英听他这样大骂，虽然已经吓得全身发抖，但心里不免还有个反感，暗想：这强盗骂得好生无理！我生得美丽不美丽，与你们有什么相干？正在暗自发恨，喽啰们早已一拥上前，如狼如虎，把云英的衣服统统剥光，绑在石柱旁边。云英到此地步，娇羞欲绝，心中的难受，真比刀割还要难熬万分。她恨不得立刻就死，免得受人侮辱，所以她紧闭两眼，只求速死。

那时在座诸头目，瞧了这一幕美人脱衣的情景，大家的脸都热烘烘起来，同时那一颗心，仿佛吊水桶似的扑通扑通地响个不停。在通明的灯光之下，他们还怕瞧得不清楚，伸手到眼皮上连连揉擦两下。有几个年轻的头目，嘴角旁不由自主地已淌下涎水来。

李国良认为这举动是莫大的侮辱，他气愤得三绺长髯飘然地飞舞起来，两道虎目圆睁，几乎要冒出点点的火星，大声怒骂道："你这惨无人道的狗强盗，咱们父女与汝等无冤无仇，既劫了咱的钱财，又施如此毒辣手段来侮辱老夫，汝可知儒可杀而不可辱吗？哼！今既落汝手中，要杀要剐，任你所为。老夫生不能啖汝之肉，死亦当夺汝之魄耳！"说毕，犹恨声不绝地怒视众人。

孙灵精冷笑道："骂得好，瞧你死了还有什么本领来夺咱之魄？"说毕忍不住哈哈大笑起来。一会儿又厉声喝道："动手开胸！"随了这一句话，站在国良、云英面前的两个喽兵便举起手中的利刃，恶狠狠地向两人胸口直戳下去。只听哧的一声，血花飞溅之处，见两个喽兵竟是应声而倒矣！说时迟那时快，只见灯光之下，飞下两个黑影。魏彪和时针眼睛一花，他们的人头却已不知去向，其余人等这才瞧清楚厅中已站立了两个威风凛凛的小英雄。

孙灵精突见那小英雄正是刚才帮助药枫的少年，想不到一下来就丧了自己两个头目，这就气得怪叫如雷。真所谓仇人相逢，分外眼红，他便拔出九节钢鞭，大喝一声："好小子，老夫正欲找你报一镖之仇，今自投罗网，合该死矣！"说罢，举起钢鞭直刺犹龙。

犹龙知道这厮有些蛮力，只能智取，不可力敌。所以把宝剑舞动得雪花点点，白浪滚滚，只见银光一团，不见人影。把四周喽啰和小头目都砍得手折腿断，无不避而远之。

那时小鹃也和徐清抵敌，徐清哪里是她的对手，不上三五回合，小鹃的剑头早已刺入他的咽喉。徐清叫声"啊哟"，身子早已仰天跌倒。小鹃一个箭步，又到孙灵精的背后，把剑向他脑后直劈。孙灵精只觉一股子凉气直逼脑壳，知事不好，把身子向左一偏。小鹃把剑抽回，又向左取去。孙灵精前后受敌，不免急出一身冷汗，急把身子退到壁上，舞动双鞭，还击他们兄妹。三人一来一往，战有一百多个回合，却是不分胜负，把几个小头目都瞧得呆起来了。孙灵精暗想：这班饭桶都在瞧戏吗？遂大声喊道："孩子们，别胆怕，不待这时候捉住他们，更待何时？"这两句话方才把小头目等提醒了，于是各执戒刀，都奋勇上来。

小鹃见事不妙，遂弃了孙灵精，背了哥哥的背，舞动宝剑，抵抗小头目的进袭。小头目等见一个姑娘，都不放心上，依然举刀上前。不料刀剑相碰，他们的戒刀都纷纷抛了出去，震动得虎口酸痛，此时方知姑娘的厉害，不免愕住了一会儿。

就在这时，小鹃的剑光飞过，人头都向地上直抛。于是众头目哭爹呼娘的向后纷纷崩溃。小鹃情急智生，立刻在袋内又摸出三支银镖，回身向孙灵精抛去。孙灵精叫声"不好"，避过两支，第三支银镖到来，再也躲避不及，竟中在肩头之上。他负痛一滞，左手的钢鞭就掉了下来。犹龙瞧得真切，把剑抽回，冷不防向他颈上一剑刺去。孙灵精大叫一声，不禁两眼一眨，呜呼哀哉了。

这时犹龙回身向厅外杀了一阵，喽啰们如何抵挡得住，几个聪敏的都先弃刀跪在地上求饶。不多一会儿，只见一千多个喽啰都已拜伏在地了。犹龙仗剑在手，大声喝道："小爷抱好生之德，绝不屠杀生灵。汝等皆受孙灵精之骗，故而落草为盗。今能改过自新，回乡回家，父母夫妻前去团聚，岂非强如做匪徒好得多了吗？"众喽啰听了，都非常感动，齐称"小爷万岁"。犹龙于是叫他们把银库中钱财搬出，分给他们，一一回去。

待犹龙回身进内，只见李国良父女早已穿舒齐衣服，小鹃和云英絮絮地谈得非常亲热。她见哥哥进来，遂介绍道："这位李国良老伯，乃前任四川抚台大人，因被张自忠陷害，故贬为长寿县令了。这位就是李云英小姐，乃李老伯之女。这是我哥哥白犹龙是也。"

犹龙听了，遂先向国良深深一鞠躬，说道："原来是李大人，失敬失敬，刚才想来是受惊的了。"国良还礼不迭，说道："幸蒙贤兄妹奋力相救，此恩此德，诚使老朽没齿不忘矣！"犹龙连说"应当应当"，一面又和云英相见，作了一揖。云英羞答答地还了一个万福，两颊已是红得海棠花那么可爱了。

小鹃道："时已三更多，咱们只好在山上暂宿一宵。哥哥，你把他们怎么样发落呀？"犹龙道："咱把银库中钱财分给他们，叫他们回家改作良民，他们已颇欢喜照咱的话做了。"

正说时，喽啰们公推了代表，名叫张诚、黄强的，向犹龙来谢道："承蒙恩爷如此加惠，小的们感入肺腑，这儿有七只衣箱等物，乃是李老丈的东西，特来奉还。"犹龙抬头望去，只见四个喽啰抬着前来，遂叫他们暂时抬到一间房中。一面叫妹妹好生照顾李大人和李小姐，他又跟着喽啰们走出，悄悄问黄强道："这儿可有酒饭，小爷腹中饿哩！"黄强和喽啰答道："有，有，我们回头送来。恩爷，今夜我们不能赶回家去，请你老允许我们在此再宿一宵可好？"犹龙点头答应，遂回身进房。

这里黄强、张诚派两个喽兵前来服侍茶水，李国良和犹龙重新见礼，彼此坐下。国良向云英望了一眼，说道："咱们父女俩受白爷救命之恩，尚未叩谢，英儿可以代为父的前来向白爷一拜。"云英听父亲吩咐，不敢有违，遂姗姗步到犹龙面前，盈盈

30

下拜。犹龙因为自己也不过才十七岁的人，今被一个姑娘前来叩拜，这就臊得两颊绯红，站起身子，连说"罢了罢了"，一面又向小鹃道："妹妹怎么不来扶起李小姐呀？"

小鹃忍不住扑哧一笑，走过来把云英扶起，笑道："李小姐，你行此大礼，倒反叫我哥哥害起难为情来了。"云英听小鹃这样说，遂把秋波偷偷地向犹龙乜斜了一下，果然白净中带了粉红的色彩，愈显风流倜傥，俊美可爱，一时芳心未免荡漾了一下，但立刻又羞涩地别转脸儿去，和小鹃退到那边炕床上去坐下了。

就在这时，喽兵送上酒菜来，向犹龙说道："恩爷，酒菜已都拿来，摆在桌子上吧！"犹龙点点头，喽兵遂把那张四方桌端到中间，把酒菜拿出，又放了四副杯筷。犹龙道："李大人，别客气，我们就大家吃些好吗？"这时国良、云英、小鹃因为晚饭都没有吃过，肚子也十分饿了。小鹃拉了云英，走到桌旁坐下，笑道："这儿没有一个人是主，也没有一个人是客，所以李大人和李小姐不用客气。"

随了这句话，四个人在方桌旁各占了一个座位。云英和犹龙齐巧相对而坐，所以四目难免有相触之时，彼此微微一笑，云英却会羞得抬不起头来。小鹃先握过了酒壶，站起向国良斟酒，笑道："李大人，此刻危险已过，咱们可以痛痛快快地喝几杯了。"不料国良却把手儿扪住酒杯，连连摇头，说道："白小姐，你快坐坐……下了，哪里能叫恩人给咱们斟酒？这……事情……还是由云英来吧！"

云英听了，连忙站起身来，从小鹃手中抢过酒壶，笑道："这话正是！鹃姊你别客气了。"说着，把酒壶拿着怔住了一会儿，但不多一会儿，她就很快递到犹龙面前去，向他盈盈地笑了一笑。犹龙两手执杯，站起来连说"不敢当"。国良一旁笑道："白爷你别那么说，斟杯酒算得了什么。"云英也低声道："白爷，你坐着吧！"犹龙却报之以微笑，待她斟满了，方才又道声谢，把身子坐下。这里云英又给小鹃斟了，然后方给国良斟了一杯。

小鹃见她自己并不斟酒，遂瞅她一眼，笑道："咦！云妹，你怎么是空杯子呀？"云英红晕了娇靥，摇头笑道："鹃姊，我是不会喝酒的。"小鹃道："我不信，你若不喝几杯，叫咱们怎好意思喝呢？"云英情意难却，遂只好斟了一杯。犹龙这才举起杯子，向国良笑道："李大人，来来！咱们喝个干杯。"犹龙一面向国良说着话，一面却向云英望了一眼。

云英俏眼儿当然也瞥见的，心中暗想：他这话不是分明叫我也喝个干杯吗？奈我酒真的不会喝的，那可怎么办呢？国良却哈哈笑着，向小鹃也说声："白小姐，请！"他便凑在嘴旁一饮而尽了。云英见小鹃两眼只管盯住自己，而且还哧哧地笑，一时弄得喝也不是，不喝也不是，真觉左右为难极了，遂喝了小半杯，星眸闭了闭，方才咽了下去。

犹龙见此情景，方知她真的不会喝酒。小鹃却不依着笑道："云妹，那可不行啦！别人家全喝一杯，你怎么可以喝半杯呢？"云英两颊已飞上了一朵红桃，秋波水汪汪地动荡着，向小鹃央求道："好姊姊，你就原谅我吧！其实妹子喝了这一小杯，可已经了不得啦！"国良深恐白小姐心里不快乐，遂向云英说道："既承白小姐如此美意，云英是不可以不喝完的。"小鹃听了，忙笑道："我倒不成问题，因为喝干杯的话不是我说的，反正说的人丢面子罢了。"小鹃说着，故意望着犹龙又憨憨地笑。

云英听小鹃这样说，遂又向犹龙望了一眼，乌圆眸珠在长睫毛里转了转，掀着笑窝儿，轻柔地问道："白爷，我喝不了这酒，你会生气吗？反正我不承认白爷是失面子罢了。"犹龙听她温和柔软的口吻，怪惹人爱怜的，遂摇头笑道："李小姐，我妹妹是跟你闹着玩的，你信她胡说哩！不会喝酒的若多喝了，一定要头疼的。所以李小姐真不会喝酒，你就吃些菜吧！"云英从他这几句话中听来，显然他不但是个强壮英雄，而且还是个多情的少年，一颗芳心里是充满了甜蜜，明眸脉脉地含了无限的柔情蜜意，向犹龙凝望了一会儿，表示很感激的意思。

这时国良向犹龙搭讪道："白爷是哪儿人，打从哪儿来，怎么知道咱们父女俩被贼人将杀死了呢？"犹龙笑道："这事情说起来凑巧，咱和妹妹原从云南到来，向月儿溪柳家村去探亲的。回来的时候经过凤凰坡，就遇见孙灵精和赵药枫在山脚下厮杀。咱们以为姓赵的是好人，所以帮助他杀退了姓孙的。谁知姓赵的心存不良，他想欺侮咱的妹妹，幸而被妹妹发觉，所以和他厮杀起来。咱们一直追到这儿，不见他的人影子，所以上山来探听一下，不料却救了李大人，那不是巧吗？"

国良听了这话，方才恍然大悟，哦了一声说道："白爷，这个姓赵的果然是这儿的头目，他非常好色，所以见了咱的云英便前来调笑。那姓孙的倒是个硬汉，他寨中有军纪，就是只能劫人钱财，不能戏人家良民妇女。所以他们两人就翻脸，一同到山下去厮杀了。后来大概姓孙的受了白爷的亏，他便恨到咱们父女身上来，要连夜地剖腹处死我们。假使没有白爷前来相救的话，我们父女俩的性命定然不保矣！"

犹龙听了，暗想：赵药枫和孙灵精果然是同一寨中的头目，可恨这厮偷盗了我的如意石，不知逃向什么地方去了？心里这样想着，自然颇觉烦闷。

云英见他呆然出神的样子，心里好生奇怪，猛可记得了，自己这人好糊涂，他们杯中可全没有酒了呢！这就站起，又递过酒壶来，向犹龙低低叫了一声"白爷"。犹龙慌忙抬头来瞧，遂执杯略起身子，又道了一声谢。

这时国良又问道："白爷府上不知老太爷老太太都健在吗？"犹龙道："托李大人的福，他们老人家都在云南昆明省城里住着，现在咱们兄妹俩原是回家去的。"国良点了点头，把杯子一举，请他们兄妹大家又喝了一口。点了点碗内的菜，各人吃了几筷，国良方才又道："老朽行年五十有六，膝下只有云英这个孩子，生平爱若掌珠，屡欲拣个少年英雄，做咱的乘龙快婿。今睹白爷一表人才，将来绝非池中之物，鄙意欲把小女配与白爷为室，一则报白爷救命之恩，二则小女终身有托，不知白爷能屈纳否？"

犹龙想不到国良会直接说出这几句话来，一时心别别地乱跳，两颊红得发烧，支吾了一会儿，方才嗫嚅着道："李大人说这样客气的话，叫咱好生惭愧。令爱乃官宦千金，咱乃一武夫耳，蒙李大人如此见爱，岂有不遵命之理？无奈咱已定了亲事，至不敢欺骗李大人，万望原谅是幸。"

国良听了这话，满肚热望顿成泡影，哦了一声，黯然不作声。云英听了，芳心愈加娇羞万分，而且还带些悲酸的成分，所以低下头来，两手只管玩弄身上系着的那条丝巾，呆然出神。良久，国良方叹息道："可惜，可惜，此乃小女福薄耳！"

本来室中是充满了快乐的空气，此刻已变成了凄凉的景象，各人心头都盖上了一层阴影。小鹃笑道："咱们虽然不能联成这头姻缘，但咱们往后也该时常走动。我和李小姐就结为姊妹了吧！不知李大人的意思如何？"国良苦笑道："白小姐若不弃，焉有不好的道理吗？"

云英趁此遂抬起头，拉了小鹃的手，离座而起，说道："如此咱们该对天一拜才是。"小鹃点头，于是两人就向窗口跪了下去，拜了八拜。按年龄计算，小鹃长云英六个月，遂以姊妹呼之。这儿小鹃又向国良拜见，云英也向犹龙拜见，还很亲热地叫了一声哥哥。犹龙到此，也只好向她叫声云妹。两人四目相接的时候，犹龙见她嘴角旁虽含有微笑，而眼眶有些发红，一时也不免英雄气短儿女情长，有些黯然魂销矣！

这餐酒饭勉强吃了过去，时已四更敲过。他们各自躺了一会儿，天已大亮，喽啰们都前来辞行。犹龙出去向他们又好好教训一顿，遂向小头目张诚、黄强道："你们两人可要向上做些事吗？"张诚忙道："小的们下山后正愁苦着没有差使干哩！恩爷若有用得着咱们的地方，虽万死也不辞的。"犹龙听了大喜，遂悄悄地告诉道："你们知道这位李老丈是谁？乃前任四川省抚台大人。现为朝中首相张自忠所害，虽贬为长寿县的县令，但将来当然还有飞腾的日子。你们若能够忠心相随的话，将来你们的造化就不小哩！"

张诚、黄强听了这话，早已叩头下拜，说道："恩爷如此热心提拔小人，真是使小人感激涕零。他日得能稍有进展，必不忘你恩爷的大德。"犹龙连忙扶起，笑道："吾知汝等皆忠勇之士也，前者乃明珠暗投耳！如今你等已步入正轨之道路，千万勉之，不使吾失望才好。"说着，遂领两人至内室，拜见国良，并说出自己的意思。

国良见张诚、黄强两人身材魁伟，虽然满脸胡子，却有忠义之气，一时心中大喜，而且又感激万分，握了犹龙的手，说道："贤侄为吾设想如此周到，此恩此德不足言谢，吾心中记着你是了。"犹龙忙道："老伯何出此言？咱们后会日子自多，说不定小侄有求助老伯之处，老伯岂不是也可以帮助我吗？"说着，又叫张诚、黄强备好了一辆骡车，把所有衣箱搬了上去。

这儿犹龙吩咐喽啰们放起一棒火，大家纷纷走下凤凰坡来，抬头见山上，烟雾弥漫，和白云相接，浑不辨是烟是云，因为时在白天，所以火光也瞧不出。

这儿喽啰们欢然散去，国良和云英坐上骡车，张诚、黄强骑了马匹。犹龙和小鹃各牵了马缰，举起手，向他们招了一招。只见云英的秋波脉脉地只管凝望着犹龙，喊了一声：哥哥！姊姊！咱们后会有期。小鹃见哥哥直待骡车和马匹都没了影儿，他还呆呆地出神，遂笑道："哥哥，你若舍不得云妹，将来何不向小萍表姊商量商量，两个都娶了来，岂不是好？"犹龙听妹妹取笑他，便回头啐她一口，笑道："你别胡说八道，咱们也快赶路吧！"说着，两人跳上马背，扬起一鞭。只听哗啦啦一阵马蹄声，在朝阳笼罩之下，一行两骑，不觉绝尘而去矣！

且说犹龙兄妹一路行走，一路做了不少任侠好义的事。这日到了四川巴县地界，因为腹中饥饿，遂在一个小市镇上的酒店里歇下，吩咐拿上十斤陈酒、一盘火烤牛肉、一盘红烧羊肉、一盘鸡子。兄妹两人开怀畅饮，谈谈说说，倒颇为快乐。不料正在这时，忽见门外走进一个面若判官的少年汉子，神情十分狼狈。小鹃眼尖，见了那少年，便站起身来叫道："咦！咦！你不是小黑吗？到这儿来干吗？"

不知小黑究系何人？且待下回分解吧！

第四章

定恶计有心夺人妻

诸位你道这个小黑是谁？原来就是黑太岁伍飞熊的儿子。他们原在大理县罗家集里给罗鹏飞帮理家务，如何又会到四川巴县地界来了呢？说起来当然有个道理。我们应该先要知道在云南省城里的白云生和罗晴鹃夫妇俩，他们自从离了罗家集，在昆明开了一家酒馆之后，一住就是十五年。在这十五年的日子中，倒也挣下了不少的钱，所以生活也很安定。

这天晚上，白云生想着儿子女儿自离家后也将近半年多的日子了，不知在路上可平安吗？一时少不得十分记挂。罗氏晴鹃见丈夫愁眉不展的样子，遂给他烫了一壶酒，烧了几样菜，笑道："你也别担心了，这两个孩子年纪虽轻，但也是很机警的人，遇到什么困难，终会自己想办法的。瞧咱们年轻的时候，也不是在外面东奔西跑地乱闯的吗？咱瞧你为了外面店面上的事情也够累乏了，还是喝几杯酒解个闷儿吧！"

云生见她满脸含笑、十分多情的意态，虽然徐娘半老，但风韵犹不减当年，便笑道："夫人言之有理，那么你陪咱一同喝几杯好吗？"晴鹃抿嘴一笑，秋波瞟了他一眼，笑道："那还有不好的道理吗？"说罢，两人各自坐下。晴鹃握了酒壶，给云生满斟一杯。云生略欠身子，向她道谢。夫妇相敬如宾，真是其乐融融。

酒至半酣，云生忽然想起妹子秋萍死了这么多年，做哥哥的竟没有能力可以向圆明僧报大仇，思想起来，真是又伤心又惭愧，长叹一声，不免落下泪来。晴鹃瞧此情景，十分奇怪，遂低声问道："大爷为何又伤悲起来？"云生以手拭泪，说道："夫人有所不知，咱妹子秋萍被圆明僧一镖伤命，至今候有十四载，咱们竟不能为她报仇，这在心中不是十分悲痛吗？"

晴鹃颦锁翠眉，沉吟了一会儿，说道："大爷也不用难受，圆明僧到处和人结冤，人人得而诛之，将来终有咱们报仇的一天。况且一班孩子都已长成，听说秦天仇和柳若飞都是非常有志气，那还怕一个贼秃圆明僧吗？"云生不禁笑道："你这话说得是，两年来和犹龙小鹃谈及姑妈被杀之事，他们都说立志不忘此仇，将来一定共同报之，可知他们这班孩子的雄心了。"

两人正在饮酒谈心，突然间听得外面一阵吵闹的声音响入耳鼓。云生素知自己酒店的侍役不会得罪客官，想来又是一班无赖在寻事了。遂即离座而起，说道："又是哪个王八在此撒野？真是岂有此理。"晴鹃究属胆小，遂忙向他说道："大爷，你千万不要跟人家吵闹，凡事都应该忍耐才是。"云生说声"知道"，便即飞步走出。

只见店小二拉住一个客官，年约二十八，生得一副白净的脸，两眼显出凶险的神气，衣服华贵，似乎是个公子哥儿的模样。他向店小二瞪着眼睛，喝道："你这王八羔子真是瞎了眼珠，连张廷标大爷都不认识吗？咱说没带着钱，你就挂在账上得啦！难道怕少了你半个子儿不成？你再要拉拉扯扯的，可莫怪大爷发怒了，先量了你这么两个耳刮子，瞧你怎么样？"

店小二哪里肯放手，兀是把他拉住了，赔着笑脸说道："请大爷原谅我吧！你吃了这么许多的酒菜，算起来至少得一两多的银子。你爷这么一走完事，小的们可赔不起这一笔账呀！这儿店主人的规矩是这个样子，不论诸亲好友，一概不能挂账的。这个请你还是帮个忙吧！"

张廷标身子已是向外走了，听店小二这么说，他便猛可回过身子来，不问情由就是一拳，把个店小二打了一个跟斗，身子向后栽跌下去，却是爬不起来。白云生瞧此情形，心中的怒火，怎么能够按捺得住？遂一个箭步，把张廷标的肩胛搭了回来。张廷标正欲扬长而走，被云生搭住，觉得颇有几分力量，心里这就暗吃一惊，立刻把身子又回了转来。

这时店小二已从地上一骨碌爬起，他见了云生，仿佛得了救星，不免哭丧着脸诉说道："大爷，他妈的，这王八蛋真不是人，他吃了十斤羊肉、五斤陈酒、一只肥鸡、一盆大葱，却一个子儿都不会账，就这么地走了，还动手打人，可是畜生养的不成？"

照云生的性子，也早已把廷标要痛打一顿了，但他想着夫人关照，凡事都要忍耐才是。所以他反而向店小二大喝了一声"胡说"，一面向廷标望了一眼，忍住了气道："客官，你是什么地方的人呀？吃了人家的酒菜，不付账还打人，那究竟是什么理由？难道照你眼光瞧来，是没有了王法不成？"

张廷标被他问得两颊绯红，这就恼羞成怒，索性板住了脸，说道："你是什么狗蛋，敢来管咱大爷的闲事？"云生这一气愤，就再也忍耐不住了，遂不再说话，提起他的衣领，向地下一掷，挥拳在他背上就打，一面方才骂道："我把你这个没有教训的孩子打了一个半死，你才知道做人不是容易得像你理想中一样简单哩！"张廷标虽然也是个受过拳艺的人，但如何禁得住云生老拳的痛打？一时不免像杀猪般地叫喊起来了。

晴鹃在房中听了这个叫声，知道外面又发生了乱子，遂也走到店铺来瞧究竟。见丈夫按着一个男子痛打，生恐把人家打死了，所以上前来拉住了他手儿，说道："好了，好了，有话大家说吧！你别动手打人了。"云生兀是怒气未平地说道："夫人，你不知道，这王八太无礼可讲，只有请他饱餐一顿咱的老拳，方才晓得蛮不讲理的滋味哩！"晴鹃道："可是你这几下也够他受的了……"说着，把云生身子拉开了。

谁知张廷标倒在地上，却动弹不得。云生喝道："你还装死不成？"张廷标这才站起身子，口中连喊"好，好"。云生抢上一步，把他抓住了，又喝道："可是你不乐意吗？再尝老子几拳怎么样？"张廷标急得向他跪下来求饶道："大爷，你饶了我吧！算小子瞎了眼珠，所有欠账，明天自当奉上。咱的家里就在东门路相阁府，请你放心好了。"

云生听了这话，方知他是当朝首相张自忠家里的人，怪不得这样倚势欺人了。又见他口角旁边沾有丝丝血痕，遂就放了他，说道："你若真的没有带钱，我们也原可商量。可是你不该仗势欺人，这岂不是你自己理由欠缺吗？"

张廷标站起身子，一面连声说是，一面却望着晴鹃愣住了一回，暗想：这娘子是他的妻子吗？想不到有这么的美丽。一时心儿怦然跳动，遂心生一计，立刻向云生施礼谢道："承蒙老兄原谅，小弟感激不尽。请教老兄贵姓大名？"云生见他被自己打了一顿，反而以礼相答，遂也不好意思和他翻脸了，于是说道：

"在下姓白名云生，客官姓甚名谁？"廷标道："小弟张廷标，爸爸乃张自忠是也。"云生暗想，果然是张自忠的儿子，遂也毫不介意地说道："既然你明天会来付账，那么你就只管回去吧！"说着，遂和晴鹃自管回房内去了。

廷标望着晴鹃倩影消失了后，还愕住了一回。店小二在旁冷笑道："还不走干什么？要不是我家主母给你求了情，我瞧你还有这条命……"张廷标不说什么，遂匆匆地回家去了。

他到了家里，丫鬟红杏见大爷走路一拐一拐的，遂迎上来问道："大爷，你怎么啦？难道被什么人欺侮了吗？"廷标叹了一声，连忙扶住了红杏的肩胛，说道："不要说起了，爷被人家打坏了。红杏，你奶奶可在房中吗？"红杏吃惊道："你怎么被人打坏了？谁吃了豹子胆，敢来欺侮爷吗？"廷标摇了摇头，没有告诉，他已一脚跨进房去。

夫人王氏翠英见丈夫这样狼狈而回，遂惊讶十分地扶他到床上躺下，急道："你如何被人打得这个模样？嘴角旁还沾有血渍哩！啊哟，那可怎么办呢？让我去告诉老太太吧！"廷标连忙把她手儿拉住了，微微地一笑，说道："这原是我自己不好，你若去告诉了老太太，反叫老太太心里生气哩！"

翠英一面拿手巾给他抿去嘴旁的血水，一面又拿开水给他喝下，说道："那么到底是怎么样的一回事，你得告诉我呀！难道像咱们这样的人家，就白白地被人家欺侮了吗？"廷标心里因为看中了晴鹃，所以一定不愿和云生结仇。他就含糊地撒了一个谎，把翠英瞒了过去。这里翠英叫红杏偷偷请了医生来诊治他的伤处，一连地睡了两天，也就好起来了。

这日廷标换了新衣，带了五两纹银，便欲走出房去。翠英问

41

道："才好了一些，你又到什么地方玩去？我在老太太面前，给你瞒着说有些头痛。假使她老人家知道你被人家打伤的话，她还肯放你出门去吗？我瞧你安静些在家里住住吧，别在外面又去闯什么乱子了。"

廷标耸了耸肩膀，望着翠英贼秃嘻嘻地笑道："我的好夫人，今天我是有朋友约我去谈一件事情呢！你放心，我绝不会在外面再闯什么乱子了。"翠英道："你交的朋友一个都没有正经的，爸爸前儿有信到来，叫你好好地用功读书，将来也好到京中去干些事情。谁知你成天胡闹，我衷心地劝慰你，你只当耳边风。假使你再要胡闹下去，我准定要告诉老太太去了。"

廷标走上去，拉了她的手，拿到鼻子上去闻香，笑道："玉皇大帝的金玉良言，我怎敢不听从呢？"翠英恨恨地把他手甩脱了，秋波白了他一眼，嗔道："谁和你涎脸？青天白日的算什么意思？"廷标笑道："在我们闺房之中，那有什么关系呢？我的好夫人，其实我胸中早有很好的才学，假使爸爸叫我进京的话，我准可以做一个翰林院大学士呢！"

翠英撇了撇小嘴，"呸"了一声，说道："大学士……"只说了一句话，她忍不住抿着嘴儿又笑起来了。廷标道："你笑什么，难道我没有资格做大学士吗？"翠英明眸斜睇了他一下，说道："你有资格做大学士，我就可以做太学士了。"廷标听她这样说，忍不住也笑起来了。翠英道："那么你今天到底又要到什么朋友那儿去呢？"

廷标被她这么一问，倒是被问住了，沉吟了一会儿，说道："说起这个朋友的才学，比我更是好得多。我到他那儿去讨教讨教，对于学业上确实进步了不少。夫人，你应该相信我，我将来的前途，也许比爸爸更伟大哩。"翠英道："比爸爸更伟大，那可除非是做了皇帝了。"廷标把胸部一拍，竖起了大拇指，说道："不是我说一句海话，也许我将来真有做皇帝的一天……"

翠英伸手把嘴一扪，白了他一眼，说道："幸亏你这话是在我们房中说的，要不然被人家听见了，我瞧你这颗脑袋还能保得了吗？"廷标却毫不介意地说道："谁敢要我这颗脑袋，那真是在梦想哩！"说到这里，把嘴凑上去，附着她的耳朵，低声地又道："夫人，你不知道吗？现在朝廷中都是我爸爸的势力，皇上也不敢得罪我的爸爸。将来爸爸篡了位，我就是皇太子。只要爸爸一死，那么我不是就可以做皇帝了吗？我做了皇帝，你便是正宫娘娘，那时候你心上可快乐吗？"

翠英笑道："你说得好容易的，不要在梦想吧！"廷标道："梦想？你难道不喜欢做正宫娘娘吗？"翠英道："欢喜当然是欢喜，但只不过怕没有这样的福命吧！"廷标道："你别说那些颓丧的话，瞧不久的将来，这个天下就是我们张家所有的了。"说着话，身子向外又走。翠英追到门口，说道："那么你早些回来吧！"廷标连声地答应，身子早已没有影儿了。

他兴冲冲地走到聚英酒馆，店小二认识他的，便向他问道："爷是还账来的，还是又吃白食来的？"廷标道："你这奴才别胡说八道的，你家主人可在家中吗？说张大爷有事求见。"店小二道："那么你请坐一会儿，我进里面去通报吧！"廷标点头说好，遂在桌旁坐下。

不多一会儿，云生从里面走出。廷标慌忙站起，拱手说道："白老兄，多天不见，你一向可好？"云生忙着让座，店小二泡上香茗。廷标说道："自那夜别后，本当次日就来奉还账款。无奈

43

被老兄一顿打后，小弟体弱，竟恹恹病了起来。所以一连睡了几天，直到现在才能够起床行动呢！"

云生听他这么说，心里未免感到有些不安，微红了两颊，说道："前夜之事，不能怨愚兄无情，实在老弟太以过分一些了。如今事既过去，咱们且不必再提，对于账款之事，也不用再算了吧！"廷标道："这是哪儿的话？小弟吃了店中酒菜，岂能不付账款之理？这里五两银子，请老兄收下。对于小弟过去种种的无礼，还得请老兄多多原谅吧！"他一面说，一面在怀内已摸出一锭白花花的银子来，双手交到云生的桌前去。

云生见他这个举动，心中好生狐疑，暗想：这家伙，究竟是存的什么意思？难道他被我打了一顿，一些也不记仇恨的吗？遂也说道："老弟你也太客气了，即便还账也要不了这许多的银子呀！咱瞧彼此还是结交一个朋友，这区区之数，也就不必挂在心上吧！"说着，一面又吩咐店小二拿上酒菜，两人开怀畅饮。

廷标道："老兄肯不见弃，小弟实觉荣幸之至。前夜虽然被老兄打了一顿，但心里却非常敬佩老兄的武艺高强，真不愧是个英雄，所以小弟一心欲想高攀。今得老兄金诺，真叫人欢喜极了。"云生听他这样说，方知他也是个喜欢交结好汉的人，遂也不疑他有其他的意思，和他谈谈笑笑，却是颇为投机。

从此以后，廷标时常和云生来饮酒谈心，因此和晴鹃也熟悉起来。有时候云生不在家中，廷标拿言语引逗晴鹃，但晴鹃却冷若冰霜，岂肯和他胡调？廷标在十分灰心之余，自然颇为懊恼。

这天他睡在床上懒洋洋地竟患起相思病来了，翠英两天前回娘家玩去了，所以床前只有红杏服侍着。她见大爷长叹短吁郁郁不乐的神情，遂向他悄悄地问道："爷，我瞧你这次的病，好像有什么心事般的，不知到底是为了什么？能不能告诉红杏知道一些呢？也许红杏有什么办法，也可以给大爷帮些忙呢！"廷标摇了摇头，望着红杏的脸儿说道："这件事情是太感到辣手一些了，一个是力大似虎，一个偏又冷若冰霜。这……还有什么办法可以把她弄到手呢！"

红杏也是个聪敏的女孩子，虽然她还只有十五岁，但听了大爷的这几句话，也很明白大爷是为了女人的事了，遂坐到床边，抿嘴微微地一笑，说道："爷，你说的她究竟是个怎么样的人儿呢，如何为了她就害起病来？难道奶奶这样美丽的人儿，还及不过她来吗？"

廷标听红杏已经懂得自己的心事了，遂拉了她白嫩的纤手，抚摸了一会儿，笑道："你不知道，奶奶虽然美丽，但这个女人也实在好看。我想和她假使能够真个销魂的话，就是死也乐意的。"

红杏听他这么说，娇靥上浮现了一朵玫瑰的色彩，啐他一口，笑说："爷又胡乱八道的了，你为了一个女人死也乐意，那么你如何能够对得住奶奶呢？这女人到底是谁家的媳妇，不知爷已探听明白了吗？"

廷标见她近来也长得高高的个子了，而且脸儿白里透红也带有了青春的美丽，遂拉了她手放在嘴上吻了一下香，笑道："这女人是西门大街旁开设酒馆的白云生的媳妇，生得妖媚风流，婀娜多姿，实在令人爱煞哩！"

红杏道："爷既然这样爱她，那么凭爷这样有财有势，难道她会一些都不动心吗？"廷标叹道："这女人虽然国色天香，却非常端正庄重，凭我拿什么话去挑逗她，她却不给我一个理睬。你想，那不是叫我急得要害起相思来了吗？"

红杏笑道："那么爷和姓白的可认识吗？"廷标道："当初也不认识，后来被他打了一顿，才和他认识了。"红杏吃惊地问道："什么？他有多大的胆量，敢打大爷吗？"廷标遂把过去的事情，向她诉说了一遍。红杏生气似的鼓着小嘴儿，说道："既然爷是吃过他亏的，你何必还和他讲交情，派几个教师把他媳妇去抢了回来，就此成其好事，岂不痛快吗？"

廷标听她这么地说，心中暗想：这妮子年纪虽小，说出话来，倒真也辣手的。遂笑道："你这办法虽好，不过你不知道云生这家伙力大如虎，几个教师哪里是他的对手呢？"红杏道："我不相信，他又不是长着三头六臂的，难道几个教师还打不过他？那么爷也只好死了这条心了。"廷标道："可是死了这条心我又不舍得，因为那女人实在令人感到太可爱了。"红杏拿手指划到他颊上去羞他，秋波逗了他一瞥娇嗔的目光，说道："我真不知道那女人是天仙下凡的吗？大概有多少年纪了？"廷标道："瞧她年纪是有三十左右了，不过虽然徐娘半老，但风韵更令人魂销的。"

红杏听说有三十左右了，这就扑哧一声笑出来了，说道："原来已三十多岁了，我还以为只有十七八岁呢！这样大的年纪，做我的娘也可以了，爷如何竟醉心到这一分地步呢？我瞧世界上好看的女人也不少，何必一定要看中那个老东西？说出来也会被人家笑的呢！"

廷标听她这样说，仿佛有些醋意，遂笑道："红杏，你不知道，女人虽然同样的是个女人，却是各有巧妙不同的。老的有老的滋味，小的有小的滋味……"红杏不待他说下去，恨恨地咛了他一口，嗔道："爷又胡说了，女人可不是什么吃的东西，难道

46

还有什么滋味的吗?"

廷标听她这么说,忍不住咯咯地笑起来说道:"女人当然可以吃的,比方像你这么的年纪,真仿佛是只童子鸡,又好像是只嫩生梨,吃起来虽然清脆,但还不十分够味的。假使像云生那个媳妇儿,资格老,经验足,吃起来才鲜美无比哩!"

红杏伸手打了他肩胛一下,也不免赧赧然笑了一会儿,抬头瞅了他一眼,说道:"男人家都是没良心的多,奶奶待你多么好,爷还只管在外面爱野花哩!我若告诉了奶奶,岂不是叫奶奶要生气吗?"廷标连忙把她搂在怀里,吻了她一下小嘴儿,央求道:"我的好妹妹,你千万别告诉,爷是多么地疼爱你哩!到了明年待你成熟了,我一定收你做姨奶奶,不知你心里可喜欢吗?"

红杏听他这么说,芳心倒是一动,兼之被他亲热地一吻,全身顿时感到热辣辣起来了,遂哧哧地笑道:"爷,你如何知道我还没有成熟呢?"廷标听她这么说,觉得这孩子明明地在叫春了,遂伸手到她的胸前去,笑道:"真的吗?那么你已经不是一个小孩子了,红杏,你为什么不早些告诉我,我等候得真有些猴急了呢!"一面说,一面把红杏身子已抱进被窝里去了。

红杏见他手在自己身上是怪不安静的,痒丝丝的真有些受不住,遂急道:"爷,你别忙呀!青天白日的那算什么意思呢?"廷标道:"那有什么关系?在这屋子里,除了爷还有谁来管吗?"红杏见他手已插到自己裤腰里去了,遂涨红着两颊,说道:"爷,你不是有着病吗?既然有病,还能够有伤精神吗?待爷病好了也不迟哩!"廷标笑道:"你知道我患的什么病,我就是患的饥荒病呀!如今有了你这么一个好东西可以充饥,我的病就完全地好了。"

红杏道："嗯，我不要，怪难为情的。再说奶奶知道了，她也会不答应的。"说着话，把腰肢扭捏了两下，故意撒着娇。廷标笑道："奶奶也早有这个意思了，她叫我不要在外面花天酒地，将来把红杏给我圆了房。我说现在不能够吗？奶奶说现在红杏还没有做大人呢！所以我只以为你还是个小孩子，原来是奶奶故意瞒骗我的。大概她知道我是个馋猫儿，假使早知道你已成熟了的话，你还不给我早已偷吃了吗？"

　　红杏笑道："那我不懂，什么叫馋猫儿，馋猫儿是什么东西？"廷标唉了一声，一手指着窗外的花墙上。恰巧这时的花墙上，有着两只猫儿，咪咪唔唔得怪亲热地缠在一起逗玩。于是廷标向着红杏说道："这不是馋猫吗？猫这样东西，在动物中是最贪嘴的，只要一闻鱼腥美味的气息，它不管是好吃不好吃，张嘴就吃，所以称为馋猫儿。"

　　红杏是一个聪敏的姑娘，心里早就知道，只不过故意和廷标开着玩笑。一经廷标解释，红杏又接口问道："大爷，你是一个好好的人，怎么可以和猫儿相比呢？那不是大爷成了畜生吗？"廷标紧搂着红杏的身子道："小妮子，你竟骂起大爷我来了。我不过是比喻比喻，猫儿一闻鱼腥，它就贪嘴。大爷我一看见像你一般生得美貌的娘儿，那就要想尽法子，必须弄上手才罢。"

　　红杏笑道："那么你既然有了奶奶和我两个人，你就别再看中人家的媳妇儿了，应该用功读书，把文章作好了，将来做官，也不枉奶奶为你热望了一场。"廷标道："不过这个女人若不弄到手，我心里终不肯死的。"

　　他一面说，一面把手在红杏身上不停地游走着。红杏笑道："这女人的魔力竟有这么大，也不知是什么妖精下凡的，竟把爷迷倒了。"廷标笑道:"你不要吃酸醋了,爷预备上马杀贼,不知你可预备舒齐吗?"红杏把身子侧了过去,背着他笑道:"我不要,我不要,回头奶奶知道了,可不是玩的。"

廷标见她故意放刁,遂把她身子扳回来,笑道:"奶奶骂起来,终不关你的事,你尽管放心是了。好妹妹,你别动呀。"红杏嗔道:"你到底预备要我怎么的?"廷标涎皮嬉脸地笑道:"你性急什么?"随了这句话,于是春风叩玉门,里外意浓。

谁知正在这个甜蜜的时候,廷标忽然呆了起来,红杏奇怪道:"爷,你怎么啦?"廷标笑道:"我知你这妮子的肚才很好,现在请你给我想个法子,究竟如何才可以把姓白的媳妇弄到手?你若不给我想个办法,我就这样的了。"红杏道:"叫我有什么办法可以想呢?"廷标道:"你一定放刁,我知道你有妙计的。"红杏笑道:"法子是有一个的,不过你要丧一些良心。"廷标道:"只要把她弄到了手,管它什么丧天良的?红杏,你快告诉我吧!"红杏于是咬着他耳朵细细地说了一阵,笑道:"你看这条计策怎么样?"廷标听了,拍手连叫"妙计妙计",一面重整旗鼓,直到风平浪静才作罢休。

到了次日,廷标便坐轿到县衙门去见县令夏千通。那个夏千通生得獐头鼠目,五官不正。只要一望他这副尊容,就知道他不是清正养廉的父母官。千通当时把他接入室中,分宾主坐下。听差送上香茗,千通方才开口说道:"廷兄亲临草舍,不知有何贵干?"廷标忙道:"小弟有一件事情,特来与老哥商量,不知兄台肯助一臂之力吗?"千通忙也笑道:"客气客气,廷兄有什么事情,都可以包在小弟身上,哪还用得到商量两个字吗?"廷标听了大喜,遂说道:"西门大街旁开设聚英酒馆的那个白云生,非常可恶，仗着他的本领，屡次欺侮小弟。小弟每思报复，却无机会可乘。老哥不知有何办法，可以给他治个死罪吗？"

千通听了这话，不免沉吟了一会儿，说道："这个……"说了两个字，却再也说不下去。廷标早知其意，遂在怀内取出一串挺大的珍珠，递了过去，说道："若能把他问成死罪，小弟实感激不尽。这一些小意思，你请收下，将来在家父面前，一定还可以多多保举与你。"千通听他这么说，心中也是一动，遂说道："这些小事情，怎敢受老兄的礼物！请你千万不要客气。只不过将来在令尊大人面前，多给我帮些忙，实已感激不尽的了。"

廷标连说当然，一面放下珍珠，一面又低低地问道："那么老哥借什么口才可以把他问成死罪呢？"千通把手指在茶几上弹了一会儿，又点了点头笑道："有了有了，上月本县捉获一名江洋大盗，名叫周虎，已问成死罪。现在和他说通，叫他一口咬定姓白的是同党，而且还是盗魁。只要周虎答应，我们俩答应饶他不死，这件事情不是就可以成功了吗？"廷标笑道："如此甚好，一切有劳费神，待小弟将来重重地相谢老兄吧！"千通道："都是自己兄弟，何必说谢？"说罢，吩咐摆酒，两人在书房间里遂开怀畅饮起来。

且说晴鹃自从廷标拿话轻薄自己之后，她就劝云生和廷标不要再交往下去，说这种无赖，和他交友，不但无益而且有损。云生点头笑道："我也早已明白，并非喜欢和他交友，也无非敷衍着他罢了。"

如此匆匆过了几天，那日云生夫妇起身。两人想起昨夜的欢情，大家有些难为情似的微红了脸儿，赧赧然地笑了。云生道："不知怎的，我竟有些眼跳心惊，难道有什么不祥之事发生吗？"

晴鹃道："你别胡猜了，一定是你没有睡畅，还是再睡一会儿吧！"

两人正在说时，忽然从外面闯进一班如虎的差役来，不管三七二十一竟将云生架上了铁链，捉到县衙门里去了。晴鹃这一吃惊，真弄得莫名其妙，她几乎急得哭起来了。

欲知后事如何，且待下回再行分解。

第五章

窥破行踪戏弄铁头陀

且说晴鹃丈夫突然被差役捉去了，一时她便撞撞跌跌地追了出来，拉住了云生的身子，淌泪道："云生，你在外面到底做了什么犯法的事情啦？为什么无缘无故的要把你捉了去呢？"云生蹙了眉尖，也很奇怪地道："可不是？我也不知道是犯了什么罪。晴鹃，你放心，也许是误会了，待我到了公堂，再作道理吧！"晴鹃还是恋恋不舍地拉住了他，淌泪说道："我想你在外面可曾和什么人结过怨吗？"云生摇头道："没有，没有！这几天我也不常出外，你只管放心在家，想县大人绝不会冤屈良民的。"

正说时，只见廷标匆匆走来，一见了云生，故意惊慌失色地问道："白老兄，你……你……这是……怎么的一回事呀？"云生回眸见了廷标，便忙道："我也不知道呀！"廷标又问差役，差役也推说不知，且到了公堂，自然明白。说着，拉云生又走。廷标道："白大哥，你放心去吧！有什么事情，小弟都会给你料理的。"云生听廷标这样安慰，因为他是首相的儿子，所以也就大胆地去了。

这里晴鹃泪眼模糊地望着云生没有了影子，她才请廷标进里面坐下。她一面吩咐店小二把牌门关上，不做买卖了，一面亲自

52

倒了一杯茶，送到廷标的面前，说道："张爷，对于云生被捉之事，还请你多多帮忙，那真使人感激万分的了。"廷标听了，忙道："这个理所当然，况且小弟和大哥颇为知己，如何敢不竭尽心力，救他无罪？不过大哥究系犯了何罪，大嫂可曾知道吗？"晴鹃道："想我丈夫乃一良善之民，平日不做丧心病狂的事，故而所犯何罪，委实不知道。"廷标道："那么且待小弟前往县衙门里一探究竟，若有可救助的地方，小弟一定设法是了。大嫂且静静地守在家中，不要伤心，我此刻走了。"

晴鹃听了，感谢不止，遂送他出门。回到房中，静静地沉思了一会儿，暗想：我当初疑廷标是个无赖之徒，如今瞧来，云生的无妄之灾，倒要他来设法救助呢！如此过了一天，晴鹃见廷标也不到来，而且县衙门里消息沉沉，杳如黄鹤不返，这就非常着急。她想云生这次含冤入狱，想来一定有人暗地陷害，恐怕凶多吉少，万一被他们屈打成招，定了死罪，那可怎么的好呢？想到这里，真是痛断肝肠，不禁独个儿呜呜咽咽地哭泣起来了。

店小二张三，听主母这样哭泣，遂走进来劝道："事到如今，哭也没有什么用处，小的想少爷小姐也许都在罗家集里，待小的前去把他们喊回来，大家再共商大事，主母瞧怎么样？"晴鹃听他言之有理，遂收束泪痕，说道："那么事不宜迟，你快快动身去吧！"说着，遂在橱内取出三十两银子，交给张三。张三整理了一个包袱，便匆匆地动身赶到大理县罗家集去了。

一路上不敢怠慢，这天到了罗家集，遂在院子门上急急地敲门。来开门的齐巧是黑太岁伍飞熊儿子小黑，他见了张三，便大喝道："你这厮找的是哪家，干吗敲得这样急？"张三见了小黑那副鬼脸，已经是吓了一跳，怎禁得他再声若巨雷地大喝，一时还以为找错了人家，这就脸无人色的吓得翻身就逃。小黑见他逃了，遂一个箭步把他衣领提了过来。张三两脚发软，身子已倒在地上，拱着双手，连连求饶说道："大王爷饶命，小的实在有要紧事情来报信的。你打死了我不打紧，可是把我家主母不是要急死了吗？"

小黑听他这么说，不禁笑了起来，遂放他起身，说道："我也不是什么大王，你何必害怕得这个模样儿？你到底是打哪儿来，究竟要找哪一家，赶快地告诉了我，我可以指点你啊！"张三听他这样说，方知他是个好人，遂连忙告诉道："我是从昆明来的，找罗家集的罗太爷来，有事情告诉呢！"小黑听是昆明来的，遂忙又问道："莫非你是姑老爷差来的吗？"张三忙道："对……了……我们的白大爷被县衙门里捉去了呢！"小黑一听果然是的，遂慌忙拉了他的手，向院子门口奔了进去。

两人一直到了草堂之上，小黑叫他坐下，说道："你请稍待片刻，我立刻就去通报。"说着身子便向里面走进去了。不多一会儿，只见罗鹏飞和秋岚、海蛟两人走出来。张三一见鹏飞长髯如银，飘在胸前，十分威严，想来定是太爷无疑，遂上前跪倒请安。鹏飞叫他坐下，说道："你叫什么名儿？姑爷犯了何罪，竟被县衙门里捉去了？"

张三不敢就座，垂手站在旁边，说道："小的张三，原是店中酒保。我家老爷素来不喜多事，时常在店料理事务。此番被捉，真不知是为什么事情。主母因独个儿没有商量的人，所以叫小的来太爷这儿找小姐少爷回去。不知我家少爷小姐可在太爷的府上吗？"鹏飞道："你家鹃小姐已动身到四川去了，那可怎么办呢？"秋岚道："父亲且不要着急，张三先在舍下住下，我们进里面和大家去商量商量，究竟如何办法。"海蛟点头称是，张三随小黑下去。

这里鹏飞和秋岚、海蛟一同步进上房，只见罗太太歪在床上吸旱烟，萧凤、春燕、小蛟、小燕、小凤、成祖等都坐在房中。见了鹏飞，遂一齐站起请安。罗老太道："听说有什么人来找你们，不知有什么事情吗？"鹏飞叹道："说起来真叫人忧愁，晴鹃着人来报告，说云生被县衙门里捉去了，那可怎么办呢？"罗老太等众人听了这个消息，俱大吃一惊。春燕忙道："爸爸，这到底是为了什么啦？"鹏飞道："为了什么？连来报告的张三都不知道呢！"

罗老太这时已哭起来了，说道："可怜我女儿一个人叫她怎么办才好呢！唉，苦命的孩子！叫为娘的怎不痛心呢？"秋岚、海蛟被母亲一哭，遂上前齐声地说道："母亲千万不要伤心，为今之计，还是我们弟兄俩上昆明去一次，问明了妹妹，再作道理，不知母亲以为好吗？"

这时萧凤、春燕也倒茶的倒茶，拧手巾的拧手巾，劝罗老太不要急坏了身子，事情终可以想法子的。罗老太这才收束了泪痕，说道："你们兄弟俩肯去一次，我才安心一些了。"鹏飞道："晴鹃差人来的意思，她是叫两个孩子回去的。可是现在他们两个孩子都不在这儿，想来都在四川了。谁去通知他们呢？唉！真叫人心头烦闷的。"

小蛟、小燕听爸爸这么说，遂一齐说道："爸爸，您老人家不用忧愁，我们兄妹俩到舅父那里走一趟好了。"罗老太听了，却又不放心起来，忙道："你们这两个孩子老远地到四川去，这叫我又如何能放心呢！"春燕道："不要紧，孩子们原该给他们外面走走的，顺便也向舅父请个安。"小蛟、小燕听母亲答应，心里大喜，说道："那么说走就走，我们此刻便要动身了。"秋岚道："也好，我和弟弟随张三也到昆明去了。"于是萧凤、春燕忙着给他们整理行装，大家送着秋岚、海蛟等走出。

鹏飞把张三叫来，说大舅爷和二舅爷跟你一块儿回去，以便商量一切。张三听了，叩谢不止。伍飞熊在旁边听了，便说道："小的在家没有事，就跟随大爷、二爷一块儿去吧！"小黑也知道小蛟和小燕要上四川去了，便笑道："爸爸跟了大老爷、二老爷去，咱就跟了大少爷、二小姐一同走吧！"鹏飞笑道："很好，那么一路上你们有服侍的人了。"秋岚、海蛟、小蛟、小燕听鹏飞这么说，遂也含笑答应。飞熊和小黑心中大喜，当下牵出马匹，给四人骑上。一行七人，出了院子的大门，分作两路，各人扬起一鞭，马儿就向前疾驰而去了。

不说秋岚、海蛟、飞熊随了张三上昆明而去，且说小蛟、小燕、小黑三人骑了马匹，一路向四川长寿县进发。行行复行行，不觉天已入夜。小黑道："前面有个客栈，我们且进内去借宿一宿好吗？"小蛟点头说好，于是三人放马至客栈门口。谁知那时客栈门口却坐着一个和尚，一面念经一面打坐。伙计见有旅客到来，便上前向和尚说道："大师父，你要化缘，也不是这样恶势做的呀！我们小店家，你这样坐着，拦住了我们的旅客进出，难道我们生意不用做了吗？"那和尚听了伙计的话，也不理睬也不回答，只管敲木鱼念经。

小黑见他好生无礼，心中大怒。正欲下马上去理论，只见有个全身素服的少妇，手拿一袋米走出来，向那和尚说道："大师父，这些米你拿了去吧！咱们小店家，拿不出许多银两，你要化缘，该到大户人家去才是呀！"那和尚听了少妇的话，方才向她微微地一笑，接了米袋，收拾经书木鱼，扬长而去了。

小燕一面跳下玉兔追风马，一面向小蛟说道："哥哥，我瞧那和尚獐头鼠目、满脸横肉，想来绝非善良之辈。"小蛟道："可不是，我也这样想呢！"小黑拍马向前说道："管他妈的，待小的追上去把他一剑结果是了。"小蛟喝住道："胡说，你又要闯祸了吗？"小黑这才勒住丝缰，跳下马笑道："小的说句玩笑话，爷又当认真的了。"说着话，三人牵了马匹走了上去。

那少妇迎上来笑道："客官找宿处吗？里面有清洁的房间哩！"小黑道："叫你们伙计快把咱们马儿牵去喂料吧！"那少妇听了小黑的声音，先是吃了一惊，又见他这一副赛判官样的脸，这就吓得向后退了两步。小燕忙说道："你别害怕，这是咱们的同伴。"

那少妇哦了两声，点了点头，又向小黑望了两眼，遂叫伙计前来牵马。一面伴他们到一间卧房，说道："少爷、小姐，你瞧这一间好吗？"小蛟道："很好，回头给我们再开一间，给同伴睡觉。"那少妇道："隔壁一间也很清洁。"小黑道："咱睡的倒不要十分清洁，只要房金便宜一些也就是了。"

那少妇笑道："咱们定的房金都很便宜的。大爷贵姓，打哪儿来，上哪儿去，最好都在纸上写明了，近来发生了好几次强奸杀人案子，所以当地官府对干客栈内旅客都要留下姓名呈报上去的。"说着，把纸笔都放在桌上。小蛟听了，皱了眉毛，说道："怎么近来发生了好几次吗？你知道这是谁干的事情呢？"那少妇摇头道："这个我如何知道？不但我不知道，就是官府也侦查不出哩！事情发生终在半夜里的。听说他走后，在壁上便画了一朵梅花，想来这强盗一定是专门采花的。本领可也不错，神不知鬼不觉，虽然每晚街上全都散布着差役，却从来也不见那强盗影儿的。"

小蛟唔唔应了两声，提笔写了姓氏并去处，且先付了五两银子房金。那少妇拿了纸，遂含笑走出去了。小蛟奇怪道："这强盗倒也可恶，咱们既到这里，非查明白了不可，也好给地方上除去一害。"小燕点头沉吟了一会儿，笑道："这个采花盗是谁，我倒已经有些知道了。"小黑目瞪口呆地问道："小姐可是神仙了，你怎么就知道了呢？"

小蛟也很纳闷儿，正欲追问，见那少妇泡茶进来，在桌上斟了三杯茶。小燕向她问道："招待客人怎么都是大娘自己动手的呢？"那少妇叹了一口气，颦蹙了蛾眉，说道："那也没有办法呀！罗小姐，我的命苦，假使我丈夫不死的话，我们这家客栈的范围要好好地扩展哩！"小燕很表同情地说道："原来大娘戴的是丈夫的孝，年纪轻轻，真也可惜的。你姓什么的？"

那少妇道："我夫君李姓，自己姓陈，幸亏我已有一个儿子，今年也三岁了。所以我现在没有别的希望，只要能够把孩子抚养成人，也就心满意足了。"小燕点头道："不错，好在你已有了儿子，将来的福气就很好哩！"陈氏苦笑道："像我这样命苦的女子，也根本谈不到'福气'两个字了。罗小姐，你们吃些什么菜呀？"小燕道："不论什么，有什么就拿什么好了。"

小黑用手拉了拉领口，咽了一口唾沫，笑道："有酒最好，也喝些过瘾。"小蛟笑道："陈大娘，你店里有好的陈酒吗？"陈氏道："爷们要喝，当然是有的。那么我给爷们拿上十斤来好吗？"小黑摇了摇头，背着小燕，把手翻了两翻。陈氏知道他是要二十斤的表示，遂笑道："反正小店有的是酒，喝多少有多少，尽你们喝是了。"说着，她便走到外面去了。

这里小蛟拿了茶杯，微微地呷了一口茶，忽然想起来妹妹刚才的一句话，遂回头向她又低低地问道："妹妹，你不是说已经知道那个采花贼了吗？那么你告诉我，究竟是谁呢？"小燕一撩眼皮，掀起笑窝儿，说道："此刻你且别问，回头你当然也会明白过来了。"小黑笑道："听小姐的胡说，回头你知道了，咱们当然也会知道的了。"

小燕不作答，走到窗口旁，把窗户推开。只见月白风清，夜显得非常幽静。她手托香腮，明眸望着那一轮光圆的明月，她的脑海里忽然想起秦天仇这个人来，那副俊美的脸庞，这就清清楚楚地浮映在眼前。她心中暗自想道：前儿天仇表哥一路上好心救我，我却一味地只把他当作偷马贼看待，此刻回忆起来，还觉得十二分好笑。如今我们到了四川，天仇表哥突然见到了我，他心里一定是有说不出的欢喜呢！一会儿又想：他们上次回家，都欲报圆明僧的血海大仇，不知现在可曾报了？假使还没有报此大仇，咱们倒可以助他们一臂之力呢！

小燕独个儿暗自思忖，忽听小蛟喊道："妹妹，你想什么心事啦？酒菜都已端上来了呢！"小燕这才回过身子，见哥哥已坐在桌旁，小黑握了酒壶，正在给他筛酒。他回眸望了小燕一眼，笑道："小姐，你快来吧！酒是热的，菜又刚烧好，那喝起来味儿可真不错啦！"小燕一面在桌旁坐下，一面逗给他一个娇嗔，笑道："你这人瞧见了酒就会哭的，少喝一些吧！回头喝醉了又闯祸了。"

小黑把一杯筛满的送到小燕面前去，笑道："今晚喝醉了就睡觉，还到哪儿去闯祸呢？"小燕笑道："你倒想安定的，可是回头也许和人家还有一番厮杀哩！"小黑定住了眼睛，怔怔地问道："和谁去厮杀？"小燕道："和采花大盗呀！"

小蛟听妹子这话好像很有把握似的，一时也很纳闷儿，遂问道："妹妹，你难道真的已经知道这个采花大盗是谁了吗？那么也该直直爽爽地告诉我呀！"小燕望着哥哥娇笑了一会儿，伸手握了杯子，凑在小嘴儿旁，喝了一口酒，说道："咱们且喝酒吃热菜吧！"

小蛟见妹妹好刁恶的，遂向小黑说道："你且不要喝酒，妹妹若不告诉，我们不喝酒，瞧她一个人喝好了。"小黑把酒杯已沾到唇上了，今听小蛟这么说，又只好把酒杯委委屈屈地放了下来，向小燕央求道："好小姐，你要说就痛痛快快地说了吧！叫咱瞧着酒干急，那是多么难受呢！"

小燕听了，抿嘴扑哧地一笑，说道："你们不喝，咱一个人喝难道就会喝不下了吗？嗳，这酒的味儿太美了！"说着，还把小嘴儿啧啧了两声。小黑见她这个模样，他的涎水儿就从嘴角旁挂了下来，苦笑着道："小姐，你发个慈悲，就告诉了吧！你不告诉，那不是和少爷刁难，简直有意地和咱在开玩笑呀！假使你再不告诉，我肚子里的酒虫都要爬出来了呢！"小燕听了，忍不住咯咯地笑得花枝乱颤起来了，遂说道："你真是个酒鬼，说得怪可怜的，那么你们一面喝酒，咱就一面告诉你们吧！"

小黑巴不得她有这一句话，他就握起了酒杯，向嘴里直倒了下去，喝得来淋淋漓漓的满嘴巴。小蛟笑道："瞧你这个样子，好像有三年不曾喝酒了。"小黑道："喝酒要痛快，一口气至少得喝三大杯。"说着话，又连筛了两杯，咕嘟咕嘟地直喝了下去。

小燕笑道："你这不是在喝酒,简直是在牛饮了。"这句话说得小蛟也扑哧地笑了。小黑道："牛饮也好,咱本来就是只小黑牛呢!"说着,握了酒壶,又给小蛟筛酒。但小蛟酒杯上还是满满的,这就说道："少爷,你太客气了,干吗一口酒也不喝呢?"小蛟道："我这人说话向来是作准的,妹妹假使不先告诉了我,我就不喝酒了。"小黑笑道:"小姐,你听见了没有?还是快些告诉给咱们知道吧!你害少爷饿肚皮,这可不是玩的呀!"

小燕道:"其实采花大盗究竟是谁,我也并不知道呀!那无非是我的猜测罢了,准不准也还是一个问题哩!"小蛟道:"那么你猜的是谁呢?"小燕道:"我想恐怕就是刚才坐在门口那个化缘和尚吧!哥哥的心里不知以为然否?"小蛟沉吟了一会儿,点头道:"也许是的,我见他瞧了陈大娘后,那双贼眼色迷迷的样子,可见他是个贪色的和尚了。"

小燕拍手笑道:"对啦!我也是瞧到了这一点,所以才疑心他的。假使他果然是个采花大盗的话,今夜他一定会到大娘卧房里去强奸的,咱们留心一下是了。"小黑道:"入他的娘,一个贼秃有多大的本领。他若到来,待小子把他生擒是了。"小蛟笑道:"你又吹牛了,回头咱瞧你的颜色吧!"小黑把胸口一拍,连连地又喝了几杯酒,笑道:"咱多喝几杯酒,回头就是妖怪到来,咱也不会怕哩!"小蛟笑道:"那你的胆量,原来还是全仗着这几杯的酒哩!"小燕听哥哥这两句讽刺小黑的话,忍不住抿着嘴儿又失笑起来。

三人一面喝酒,一面谈笑,不知不觉的已到了二更多的时分了。小燕道:"好了,咱们还是吃饭吧!喝得大醉了,恐怕要误事情了。"小黑于是大声喊伙计盛饭。伙计匆匆地端了一只饭桶进来，口里还答应着"来了来了"。小燕道："你们的主妇呢？"伙计把饭盛上，放在三人的面前，说道："哦，咱们的老板娘去睡了，因为她有小孩子，吵着要娘一块儿睡的。"小燕点了点头，于是三人就匆匆地吃饭。

　　夜是非常的静悄，因为窗户是开着的，所以微微地还吹进来几阵夜风，把烛火吹动得摇晃起来。伙计瞧了，遂去关上了窗户。谁知就在这当儿，小燕忽然听到了一阵敲木鱼的声音，这就向小蛟丢了一个眼色，努了努嘴，低低地道："哥哥，你听，怎么样？"小蛟也早已听到，遂点了点头，笑道："妹妹料事如神，真不愧是个女诸葛哩！"小黑听了他们的话，好生不解，遂怔怔地问道："少爷，小姐，你们在说些什么话呀？"

　　小燕见他脸黑里透紫，真仿佛是个活阎罗，遂抿嘴笑道："你不是说会生擒采花大盗吗？现在这采花大盗是已经来了，等会儿咱们瞧你把他生擒吧！"小黑听了这话，不禁把身子抖了一抖，说道："小姐别和咱开玩笑了，你如何又知道采花大盗来了呢？不知他到底是人还是鬼呢？"小燕笑道："凭你那副脸蛋儿，就是鬼见了你也会害怕哩！因为你是个活阎罗呀！"

　　小燕这两句话，说得大家又忍俊不禁了。小蛟道："妹妹，咱们且不要说笑话了，事情既料着了八九分，那么咱们也该有个准备才是。"小燕道："不错，那位陈大娘怪可怜的，咱们也不忍给她受惊吓呀！"说着向伙计吩咐道："请你把陈大娘喊来，咱们有事情跟她说哩！"伙计连声答应，遂匆匆地去喊了。

　　这里小黑真弄得莫名其妙的，向两人愕住了一会儿，问道："少爷，小姐，你们到底闹的什么玩意儿？采花大盗今夜难道一定要到这儿来了吗？"小蛟点头道："当然要来的，回头还得请你把他生擒了。"小黑把胸脯一拍，说道："怕什么，凭咱小黑这一副力量，难道会敌不过一个采花贼吗？"小燕笑道："那你就有勇气了。"

正说时，只见陈氏睡眼惺忪地进来，向小燕问道："罗小姐唤小妇人到来，不知有什么吩咐吗？"小燕回眸瞟她一眼，向她笑了一笑，低声问道："陈大娘，你知道今夜有杀身之危险吗？"陈氏被她这么一问，她的粉脸儿顿时变了灰白的颜色，失惊道："小妇人委实不知道，敢请罗小姐详细告我是幸。"小燕道："你刚才所说的那个采花大盗是谁，你可知道吗？"

陈氏听小燕说话包含了一些神秘的样子，一时倒误会他们三人是采花大盗了，所以心中一急，两脚发软，这就向小燕跪了下来，求饶道："罗小姐，小妇人实在不知道采花大盗是谁，可怜小妇人命薄如纸，终得请罗小姐发个慈悲心，把我救一救吧！"小燕见她说完了这两句话，眼泪便像雨点一般地落了下来，这就伸手把她扶起，柔声安慰她道："陈大娘，你不用害怕，咱们既知道了这一件事，终不让你受一些委屈的。"

陈氏听小燕这几句话，又觉得他们不像歹人，遂向她又问道："罗小姐，那个采花大盗究竟是谁，小妇人实在不太明白了。"她一面说，一面却把眼睛望向小黑。但既望着了后，她那颗芳心不禁又像小鹿般地乱撞起来了。

小黑似乎有些理会她的意思，便拿手指点着自己的鼻子，说道："陈大娘，你不要误会！我的脸虽然看着让人害怕，但我的心眼儿并不坏。我可不是什么采花大盗，你不用老向我望着呀！"小蛟兄妹俩听憨大说出了这几句话，忍不住又扑哧一声笑起来了。

陈大娘虽然心里有些害怕，但也不免好笑起来了。小燕道："你问采花大盗到底是谁，其实咱们也不知道。只不过照咱们眼光瞧来，那个化缘的和尚终不是善良之辈。你不听此刻已经深更半夜了，大街上还有敲木鱼的声音吗？咱们想其中必有缘故。你假使相信咱们的话，那么你应该听从咱们的吩咐，使你可以避去这个危险的难关。"

　　陈氏侧耳细听，果然有一阵木鱼的声音，在静夜中敲得十分清晰可闻。她猛可想起傍晚这个化缘的和尚，确实是非常凶恶，而且在凶恶之中，更有些鬼头鬼脑的神气。莫非他借化缘为由，果然是个采花大盗吗？不然深更半夜，他还在大街上做什么呢？于是她又想起那和尚临走时对自己一笑，显然也是含有意思了。想到这里，她的全身感到一阵寒意，顿时瑟瑟地颤抖起来，向小燕跪下哀求道："罗小姐，被你这么一说，我也越想越对了，那个和尚准是采花大盗无疑。唉！那可怎么办呢？罗小姐，你千万可怜我，救救我吧！"

　　小燕见她又跪下来，遂把她扶起说道："陈大娘，你放心，假使我们不存心救你的话，还会叫伙计来喊你吗？现在你抱了孩子，且睡到这房中来。你的房间，就给咱们三个人去睡吧！"陈氏又很担心地说道："那么罗小姐三个人是他的对手吗？"小燕道："一个贼秃，放在什么心上？我们此刻且跟你一块儿到房中去吧！"说着，遂和小蛟、小黑一同跟陈氏到卧室。陈氏拍醒床上的孩子，抱着走出房外去了。

　　小蛟向小黑望了一眼，笑道："这张床今夜就请你睡了，回头这贼秃若来强奸你，你就不妨把他乐一回吧！"小黑笑道："这个臭东西，谁高兴和他乐一回？他妈的，咱回头请他尝尝老子的拳头呢！"小燕把秋波白了他一眼，微微红了两颊，嗔道："别胡说八道地乱讲了，时候真的不早，我们也该早防备起来。"小黑微微地把舌头一伸，便一骨碌跳到床上去睡下了。

正在这个当儿，小蛟听木鱼声已经停止，遂和妹子丢了一个眼色。小燕会意，吹熄室内的灯火，她和小蛟各执阴阳二剑，把身子退到靠窗的墙壁边上。小黑在床上问道："少爷小姐到哪儿去呀？"小蛟道："不是在房中等着他吗？你害怕吗？"小黑大声道："咱害怕一个贼秃，也枉为小黑牛了。"小燕笑道："别扯高了嗓子说话了吧！当心就要来了。"小黑应了一声，把被儿拉拉好，两眼向窗户外偷偷地望。四周是静悄悄的，一些声息都没有。

约莫顿饭的工夫，忽然咯咯的一声，就有一柄雪亮的戒刀从窗缝中戳进来。接着嗒的一声，仿佛有块石子投到室中来。小黑知道他是投石问路的意思，遂一声都不响。又过了一会儿，窗户开处，果然见那个和尚轻轻地跳进房中。他慢步挨近床边，伸手先在小黑脸上摸了一摸。小黑虽然生得脸若判官，因为年纪幼小，所以还不曾生有胡须，摸上去还有些滑腻的感觉。那和尚心里荡漾了一下，便情不自禁扑了下去，嘴先在小黑脸上吻了两下。

小黑被他一吻，因为那和尚是生着满腮胡须，所以颇觉奇痒难当。他哎了一声，把两臂张开，猛可抱住了他的脖子，还逼尖了嗓音，娇滴滴地叫道："大师父，你来得真好呀！奴家独拥绣衾，实在是怪冷清的哩……"这几句话未完，小黑立刻在他脑后狠命地一拳，大声地喝道："好个大胆的采花贼，今日活阎罗在此，汝之死期到矣！"

那和尚听小黑娇滴滴的声音已觉有异，此刻听到破毛竹似的喝声，心中更是吃了一惊，遂连忙把他推开。不料说时迟那时快，那和尚的背脊早有一柄雪亮的剑锋直劈下来了。

欲知那和尚死活如何，且待下回再行分解。

第六章

山穷水尽欣逢小孟尝

诸位，你道这个和尚是哪一路人物？原来他是圆明僧的师兄，法名铁头和尚。他本领高强，十八般武艺，件件皆精，尤其内功，更是非常了得。只不过他和圆明僧有同样的劣根性，就是喜欢女色，一见貌美的女子，即入夜前去强奸。而且心肠毒辣，奸后必定把她杀死。他在这个镇上已奸杀了好多个女子，今日见了陈大娘之后，他便又起了欲念，所以到三更时分，遂前来采花。不料事情早被小燕冷眼识破，这也是铁头和尚合该倒霉的了。

这且不提，再说铁头和尚突然被小黑破毛竹似的声音一喝，知事不妙，遂慌忙推开小黑，身子向后倒退两步。谁知身后的小蛟，早已抢步上前，举剑向他背脊上直劈了下去。铁头和尚觉得背脊上有股子凉气直逼，竟透到胸口上来，知道身后有人暗算，而且那劈下的家伙必定还是一件宝物。他心里这一急，真是非同小可，觉得躲避是万万也来不及，事到如今，也只好运足内功，把他一股子针锋似的气功，笼住了他的全身。

说时迟那时快，小蛟的太极阳剑，早已斫到他的背部，只听叮当一声响，那柄剑仿佛斫在刀口上似的，立刻火星直冒，瑟瑟

67

有声。小蛟以为这一剑下去，贼秃必死无疑，想不到自己宝剑削铁如泥，竟杀不掉一个贼秃，方知那贼的本领确实高人一等。心中在一惊之后，他急把剑抽回，向他下三路斫了过去。铁头和尚虽然厉害，但受着了这一剑之后，到底也感到吃惊，所以在小蛟把剑锋向下三路劈来的时候，他纵身一跃，跳出窗户外去了。

小黑躺在床上，本来早欲跳起身来捉拿铁头和尚，今见少爷宝剑斫他不入，知他厉害，所以躺在床上不敢起身。现在又见贼秃跳出窗口，方才虚张声势，大喝一声"臭王八蛋，敢来强奸老子，入你的娘！老子把你打个半死！"其实小黑的本领，都是在一张嘴上。等他赶到窗外，只见少爷小姐和那贼秃早已在院子里大战起来。

铁头和尚见这一男一女，年纪只有十六七岁，本领却是十分高强，而且手中两柄宝剑更是舞得生龙活虎。因为自己背部略受微伤，所以无心恋战。此刻又见窗内跳出一个黑脸大汉，声若巨雷，一时也不知他究系何人，觉得三十六招，走为上招。他说声"好小子，咱们后会有期"，便借土遁而逃了。

小蛟哪里肯放他走，遂把身子一摇，也借土遁追随其后。铁头和尚却没有感觉到，他急急赶了一程路，遂从地上现身而出。只见前面是个浓密的森林，他就在一块大石上坐下，叹了一口气，说道："咱家纵横天下三十余年，从来也不曾受过一次亏，想不到会在这班血毛未干的小东西身上失风，岂不叫吾羞惭吗？咱家若不报此一剑之仇，誓不为人……"

不料话还未完，突然听得有人喝道："狗和尚，小爷在后追随多时了！汝有本领，只管向小爷报仇是了。"铁头和尚定睛一瞧，原来见那小子已站在前面了，一时又惊又愤，遂大骂："小子，大师父发个慈悲，饶了你们，谁知你偏活得不耐烦，竟敢赶来送死吗？"说罢翻身跳起，拔出戒刀向小蛟就斫了过去。

小蛟笑道："自己怕死逃跑，还说这些风凉话，瞧你羞也不羞的？"说时，不慌不忙把剑向上一格，只听哧的一声，那柄戒刀早已削成两段了。铁头和尚这才理会他手中拿的是柄宝剑，一时懊恼十分。他把身子跳入林中，张开口，这就见一道青光，向小蛟身上飞射过去。小蛟见他吐出剑光，遂也吐出一道白光，抵住了青光。只见半空之中，有青白两道剑光，互相格斗不休。

且说小燕、小黑见哥哥也借土遁追去，因为他们都不会土遁，所以面面相觑，不知如何是好。小燕恨恨地道："贼秃既然逃跑，哥哥何必苦苦追赶？现在又不知他们去向，那可怎么办呢？"小黑道："可不是，常言道'穷寇莫追'，如今少爷一个人追去，不知可是那贼秃的对手吗？"

两人正在暗暗发急，陈氏也从屋子走出。她见了两人，便问道："罗小姐，贼秃可有逃走吗？"小燕道："逃走了，不过我哥哥也追上去了。"陈氏忙道："既已逃走了，也就不必追了，那么罗爷现在哪里？"小燕道："可不是，咱们正在忧愁哩！"陈氏沉吟了一会儿，又道："咱想罗爷追杀一阵，也就回来了。罗小姐你不要忧愁，且回房中去休息一会儿吧！"小燕还没回答，忽然小黑高声嚷道："小姐，你快瞧呀，这两道剑光其中那道白光不是咱的少爷的吗？"

小燕听了这话，慌忙随着小黑指的空中望去。只见紫黑的天际，果然有青白两道剑光在战斗。那道白光，小燕认得是哥哥的剑光，这就哟了一声说道："原来哥哥和那贼秃已走了这么远的地方了吗？"小黑道："我们且追上去吧！"小燕道："看来这地方足足隔了一百多里的路程，步行如何来得及？你快把玉兔追风和哥哥那匹滚江龙牵了来，我们一同追上去助战吧！"小黑点头称是，遂把两匹龙驹牵出，和小燕跃身上马。小燕向陈氏一招手，说声"再见"。她把丝缰一松，那两骑宝马四蹄腾空，只听哗啦啦的一阵马蹄声，早已绝尘而去了。

在跑到五十里路程的时候，小燕见天空青白两道剑光都仿佛生龙活虎般的十分厉害，满天火星直冒，瑟瑟有声。因为生恐哥哥有失，她已来不及赶到，就在半途吐出一道红光，直向天际飞去，加入战圈，和青光格斗。

这时小蛟见了这道红光，知道妹妹前来助战，心里大喜，遂更运足内功，令那道白光仿佛一条游龙似的，把青光团团围住。铁头和尚抵住白光，已觉平手，如今又见加入一道红光，他心里暗暗吃惊。本来原不放在心上，无奈背部受伤，此刻尚有些隐隐作痛，所以他十分焦急。

正在危急之间，忽然见半空飞下一个道姑，向铁头和尚笑道："道兄久违了，待贫尼来助汝一臂之力吧！"说罢，她在怀中取出一方手帕，向小蛟一抛。小蛟只觉从夜风中飘过来一阵幽香，一时便头晕目眩，这就站脚不住，身子跌倒地下去了。

话分两头，再说小燕一路吐剑，一路疾驰赶来。见青光渐渐不敌而退，芳心正暗暗欢喜，谁知突然之间，哥哥那道白光竟消失了。小燕一面把剑光收起，一面急得不免哭出声音来，说道："哎哟，这是怎么的一回事呢？"小黑在后面瞧此情景，也失声叫道："哟，难道咱们少爷被害了吗？"

两人说着话，连连加鞭，不多一会儿，已到一丛树林的面前了。小燕计算路程，确有一百多里。遂停马不前，回眸四瞧，却没有一个人影子。忽然见草堆上留有一物，下马走上去一瞧，却是哥哥的一柄阳剑。小燕以为哥哥已经被和尚杀死，这就捧剑哭泣起来。小黑也大哭不止，还捶胸骂道："你这王八秃驴，竟把咱少爷害死了吗？咱小黑若不报此仇，誓不为人！"

　　两人哭了一阵，骂了一阵。小黑见小燕哭得哀哀欲绝，真是令人辛酸，遂劝慰她说道："小姐，事到如此，哭亦无益。咱想少爷也许未必被害，因为既被杀死，不是也该有尸身吗？所以小姐且别伤心，凡事吉人天相，定能逢凶化吉的呢！"

　　小燕听他这么说，也觉颇有道理，因为经过一阵悲伤之后，身子颇觉倦怠，遂坐在一块大青石上，连声地叹气。小黑牵了马匹，又道："天也快亮了，小姐尚未休息过，这样身子恐怕受不住，咱们且找个宿处休息休息，再作道理吧！"小燕于是收束眼泪，和小黑跨上马背，向前走了一程路，不觉到了一个村庄。

　　这时天已大明，村中农民都荷锄往稻田里去工作。小燕到了一个院子门口，和小黑跳下马背，见那边有个村妇正在晒衣服，遂上前求宿。村妇见是个年轻的姑娘，便含笑答应，请她进内。小黑牵了马匹，也跟着进来。那村妇惊讶地问道："这位爷是姑娘同来的吗？"小燕知道她的意思，便说道："他是咱的家童，你们不用害怕的。"村妇这才放心，遂给他们伴到一间房中。小燕向小黑道："你把马儿去喂了料，也来睡一会儿吧！"小黑答应自去。

　　这里小燕歪倒床上躺了一会儿，不料竟头晕目眩，全身发热，好像病起来了。待小黑进房，听小燕呻吟之声不绝于耳，这就急道："小姐，你怎么啦？有什么不舒服吗？"小燕道："不错，我竟病起来了。这儿不知是什么地方？可有大夫请吗？"小黑道：

"我给小姐去问问这儿主人吧！"

正说时，那村妇泡茶进来。小黑遂问道："请教大娘贵姓？这儿是什么地界了呀？"村妇道："敝姓王，这儿是巴县地界了。你这位小姐可是病起来了吗？"小黑道："可不是，王大娘，这儿有著名的大夫吗？"王大娘见他皱了浓眉，很忧愁的样子，便说道："村中没有好的大夫，离此五里路的市镇上，那边就有很好的名医了。"小黑道："那么咱的小姐请大娘多多照顾一些，咱立刻就去请大夫，明儿咱小姐病愈，就重重地谢你是了。"王大娘道："出门人最怕的是生病，所以咱是很同情你们的，你不必说谢的话，咱一切都会给你代为照顾的。"小黑听了，谢个不住，身子便向门外匆匆地走了。

他一口气奔进了城，只见那条兴盛大街非常热闹，来来往往的人儿不绝。小黑抬了头，只管找寻医生的牌子。谁知医生牌子没有找到，却见到"复兴酒馆"四个大黑字。这就听到肚子里一阵怪叫，嘴角的涎水儿又流了下来。小黑暗想：昨晚一夜未睡，此刻又近午时，肚子里还没有落过一点食物，可怜也无怪它要吵闹起来了。他这样一想，身子便不由自主地走了进去。一直到了楼上，酒保招待入座。小黑道："快拿一盘红烧羊肉、十斤陈酒，越快越好。"酒保答应一声，不多一会儿，酒菜早已送上。小黑遂独个儿狼吞虎咽地吃了一个痛快，拿手巾把嘴一抿，暗想：咱自己吃饱了，可怜小姐不知病得如何模样儿了呢，想到这里，他便起身就走。

酒保瞧此情景，遂上前一把拉住说道："喂，客官，你怎么不付账就走了？这儿可不是专门供给人家吃白食的呀！"小黑被他这么一说，便回头瞪了他一眼，喝道："入你的娘！你满嘴里胡嚼些什么东西？咱因为有要紧事情，所以一时忘记了，岂要吃你的白食吗？"酒保见他这副可怕的脸，遂含笑说道："小的原说错了话，爷现在就付了钱走吧，小的要去交账哩！"小黑道："忙什么……"他说了三个字，却把伸进袋内去的手，再也回不出来了。呆了半晌，方才说道："哦，对不起，我出门时忘记带了钱，请你在账上挂一挂，我回头立刻送来就是了。"酒保这就冷笑了一声，把他身子拉住了不放，说道："你这不要脸的黑鬼，可不是明明来吃白食吗？哼，你睁开眼睛瞧瞧，这儿的主人可不是好欺侮的呀！"

小黑从来也不曾给人家这样辱骂过，一时气得怪叫如雷，猛可伸手量了他一下耳刮子。这一下的力量，少说也有二三百斤，酒保哪里抵挡得住，身子便向后跌了一个跟斗。小黑见他元宝翻身，忍不住哈哈地笑道："好个不中用的奴才，胆敢出口伤人？小爷若不给你一个教训，你怎知小爷的厉害。"那时酒保早又翻身爬起，拉住了小黑，大声说道："你这人好不讲理的，既吃了白食，还敢动手打人，难道没有了王法吗？"

这时许多食客都围拢来瞧热闹，议论纷纷。有的说酒保不该得罪客人，有的说小黑不该动手打人。正在这个当儿，忽听有人嚷道："好了好了，范大爷来了。"随了这句话，食客都散了开去。小黑抬头见有两个男子，武士装束，年纪四十左右，生得威风凛凛。

那个姓范的男子见酒保拉住了小黑，便走上前来，叫他放手，一面问道："到底是为了什么事情，你且好好告诉咱吧！"酒保见了范大爷，遂按住自己通红的脸孔，哭丧着脸诉说道："范大爷，这个客官真正岂有此理，吃了酒菜，也不付账就拔脚走了。小的向他要钱，他不但不付，而且还动手打人。大爷，你瞧，他把小的脸都打肿了。"

范大爷听了酒保的告诉，便向小黑望了一眼，暗想：好个气概昂昂的英雄。遂含笑问道："客官贵姓大名？如何吃了酒菜不付账，还要动手敲人呢？"小黑忙道："在下姓伍名小黑，这次和我家少爷小姐从大理县来四川，路上和一个采花和尚交战，咱少爷突然失踪，小姐以为少爷被害，伤心了一场，因此病倒在乡村人家。咱要紧进城里来请大夫，一时忘记带钱，请他账上挂一挂，回头带来便可还清。不料这厮开口骂人，说咱是吃白食的黑鬼。你想，气不气人呢？"

范大爷回头向酒保笑道："可不是，你也有不是之处，不知吃了多少银子？"酒保道："五钱六分。"范大爷道："那么你就记在我的账上是了。"小黑见他这样热心仗义，遂也向他拱手作揖，问道："请问老丈贵姓大名？多蒙代付菜账，实使小辈感激万分。"

酒保在旁说道："这位是小孟尝范人龙大爷，咱给你代为告诉了吧！"人龙笑道："小英雄，你快不要客气，咱们且找个坐处谈谈好吗？"小黑道："范老丈吩咐，敢不遵命。怎奈咱的小姐病得很厉害，所以赶紧要去请大夫呢！"人龙笑道："小英雄，你不知道吗？这位颜老丈便是有名的医士，你还去请什么大夫呢！"

小黑听了这话，向人龙旁边那个男子打量了一回，说道："原来这位颜老丈就是名医吗？敢问大名叫作什么？"颜老丈微笑道："老朽草字小平，黑哥儿的小姐不知姓甚名谁？"小黑道："咱的小姐乃是罗海蛟的女儿，名叫小燕。"人龙一听罗海蛟三字，觉得颇为耳熟，这就沉吟了一会儿说道："罗海蛟，哦，哦，莫非就是当年那个解吾围的英雄吗?”说着，又向旁边颜小平道:"你可记得十八年前有个拼命三郎钱忠，和我们兰花院里结了仇，后来约圆明僧和咱们寻事，不是全亏罗海蛟、柳文卿、伍飞熊等一班英雄前来解围的吗?”

小黑不待小平回答，就嚷着道:"不错，范老丈说的那个伍飞熊就是咱的老子。"人龙听了，心中大喜，遂忙说道:"原来如此，那么你的小姐可说是咱恩人的女儿了，咱理应报答，请你快快带我们去瞧瞧她吧!"小黑听了这话，乐得跳起来说道:"如此甚好，有劳两位，请随小的来吧!"于是三人匆匆出了复兴馆，一齐到城外黄叶村里去瞧小燕的病去了。

诸位瞧过《剑侠女英雄》说部的读者，当然明白范人龙和颜小平是何等样的人了。原来范人龙绰号小孟尝，为人慷慨豪爽，与颜小平乃八拜之交。小平的爸爸颜德公，和柳文卿还是师兄弟，本领十分高强。他一向隐居在燕子坡里，十分逍遥自在，平素对医学大有研究，所以小平在父亲那里也学得很好的医理。

这且表过不提，再说小黑伴两人到黄叶村，王大娘道:"你可曾请了大夫到来吗?你的小姐此刻倒好得多了，我已服侍她吃过一些稀粥了。"小黑连声道谢，一面请人龙、小平进房。

小燕这时已倚卧床上，见了两人，便向小黑问道:"这两位是谁?"小黑遂给大家介绍道:"这位是范人龙老丈，这位是颜小平老丈，说起来和咱的二老爷还是朋友呢!"小燕听说，略欠了身子，招呼道:"范老伯，颜老伯，你们请坐，恕侄女抱病在身，不能远迎了，还请海涵是幸。"人龙、小平坐下，小黑倒上两杯茶。人龙问道:"罗小姐的令尊可是叫罗海蛟?"小燕点头道:"正是!想来与两位老伯是好朋友了。"人龙遂把十八年前的事情向小燕告诉了一遍。小燕听他提起柳文卿，遂忙说道："柳文卿是咱的舅爹，两位也熟悉吗？"小平惊奇地道："哦，原来柳文卿就是你的舅父。这样说来，你的妈妈可是女侠柳春燕吗？"

小燕听他这样问，可见母亲当年的威风，一时心里十分喜欢，她颊上的笑窝儿不禁掀起来了，说道："柳春燕真是咱的妈妈，这次和哥哥小蛟原到舅父家里去的，不料哥哥和一个采花和尚交战，竟不知下落了。如今咱又生了病，所以真是烦闷。"

人龙道："舍间离此不远，咱瞧还是到舍间去养病吧！颜老丈是个名医，罗小姐一些小病，请他开一张方子，吃两剂药，也就好起来了。只不过罗小姐不能起床，那倒很是麻烦。"小燕道："不妨事，咱勉强还能骑马。"说着话，身子已从床上跳了下来。小黑于是把马牵出，小燕拿出十两纹银，谢了王大娘，大家便进城到范人龙家里去了。

范夫人欧晓月，乃是怪侠欧阳德的孙女儿，那年和晴鹃也盘桓了多日。这十八年来，膝下却无子女，所以见了小燕，满心欢喜，晚上亲自服侍，十分爱护。小燕感激万分，过了几天，病也就好了起来。晓月见小燕妩媚可爱，啧啧称羡不止。小燕因感其情，遂拜她为干娘。晓月心里这一欢喜，真把嘴也笑得合不拢了。

这天小燕和晓月坐在房中正闲谈着，说起哥哥生死未卜，小燕免不得又暗暗伤心了一回。谁知这时小黑匆匆地奔了进来，向小燕悄悄地告诉道："小姐，咱们遇见的这个采花和尚，谁料他到这儿门口来化缘了。"小燕听了这话，陡然变色，说道："咱正欲为哥哥报仇，想不到他自来送死。也好，咱立刻前去和他见个高低。"说着，拿了太极阴阳二剑，便欲走出去，却被晓月拉住道："孩子，你且息怒！这恶僧来意不善，咱们还是不要和他计较才好，待你干爹回来，再作道理吧！"小燕如何耐得住气愤，便说道："干娘放心，孩子出去自有道理，绝不会给他欺侮的。"说着话，身子已向门外奔去了。小黑恐她有失，遂也从后跟出。

小燕到了大门口，只见那个和尚坐在当路闭眼念经。门役和他理论，他却假装木人，一些也不理睬。小燕瞧此情景，真是恨到心烦，遂不问三七二十一地把两柄宝剑向他头顶上直劈了下去。铁头和尚正在闭眼念经，突然感到脑部有股子寒意直逼，急忙睁眼瞧时，原来又是那个小姑娘用剑劈来。假使是平常的剑，他真也不放在心上。但是此剑削铁如泥，所以他也吃了一惊，立刻把身子仰开。谁知小燕见他避过两剑，遂就地一滚，飞起一腿，竟把铁头和尚踢出了两尺多远。

铁头和尚万万也料不到一个小姑娘竟有这一份力量，他立刻翻身跃起，把手指向她一点。小燕见他用内功伤人，遂也把小嘴噘起，轻轻吹出一道气光，抵住他的剑光。只听瑟瑟的声音，响个不住。这时小黑从他背后绕了过去，他握紧铁锤似的拳头，在铁头和尚的背部狠命一拳。这冷不防的一拳，至少有一千多斤的分量。铁头和尚哎哟了一声，身子便扑地而倒。小燕一见大喜，正欲抢步上前，举剑就劈。不料他又纵身跃起，向前飞奔而逃。

小燕如何肯放松他，遂和小黑在后紧紧追随。约莫奔了二十多里路程，却不见了铁头和尚的影子。小燕因为前面森林密布，所以不敢轻进，向小黑问道："这儿是什么地方了？"小黑道："前面就是青峰山，山上有个白雀寺，莫非这和尚就是寺内的贼秃吗？"小燕道："不错，咱们且上去瞧个究竟吧！我记得白雀寺的当家原是圆明僧，他是咱们的公敌，这个和尚莫非就是圆明僧吗?"小黑沉吟了一会儿,说道:"也未可知,我们且上去再作道理。"

当下两人飞身越上山岭,只见山顶上果有一寺,上书"白雀寺"三字,四围墙头,高可二丈余。小燕和小黑仗剑闯进山门,到了大雄宝殿。只见有个小和尚走了出来,见了两人,便上前说道:"客官可进香吗?"小黑大喝一声,上前把他抓住,骂道:"进什么香? 小爷问你一句话,你若有半句虚言,哼,定然取你狗命!"说着,把手中的剑锋向他喉间一搁,吓得小和尚脸无人色,跪在地上,叩头不已,说道:"我的亲爹,你饶了咱的狗命吧! 有什么话只管问,可是千万别杀了咱吧!"小黑见他吓得这个模样,忍不住又觉得好笑,遂说道:"这儿当家可是圆明僧吗?"小和尚说道:"从前是圆明僧,现在却换作铁头和尚了。"小黑道:"那么圆明僧到什么地方去了?"小和尚道:"他被众小侠报仇杀死了。"

小黑听了,向小燕望了一眼。小燕点了点头,也低声问道:"前几天可有一个少年,被你们当家捉上来吗?"小和尚想了一会儿,说道:"有的,他是被鸣鸾仙姑捉来的。"小燕颦蹙了眉尖,暗自念了一声"鸣鸾仙姑",又怔怔地问道:"是个女子吗?"小和尚道:"不错,她是一个尼姑。"小燕忙道:"现在那少年在哪儿? 可曾被他们杀死吗?"小和尚道:"关在地道中,死活如何,却不知道。"

小燕道:"寺院之内何来尼姑? 你们当家的想必是个作恶之徒,是不是?"小和尚道:"自从圆明大师父死后,这里公推广清和尚做当家,从此安分守己,不做污秽之行为。不料前几天来了一个铁头和尚,他说圆明僧是他的师弟,既然圆明僧已经死了,这当家该他做的，所以把广清和尚赶出山门，从此寺院内又暗无天日。姑娘，这不是咱们小和尚的罪恶，实在是铁头和尚该死呀！"

小燕、小黑听他这么说，觉得这话倒也不错，遂说道："那么你指点给咱们到地道的去处，咱们一定不会加害你的。"小和尚听了，连声道谢。遂陪伴他们到一间禅房，里面有几尊佛像。小和尚伸手在佛像的肚脐眼里按了按，谁知小燕和小黑站着的地板便活动起来。小燕猝不及防，身子就跌了下去。小黑一只脚还站在地上，所以纵身一跃，没有掉落下去。他一时心中大怒，立刻把小和尚抓来，骂道："你这口是心非的王八，该是你的死期到了。"说罢，挥剑便斫。只听赫的一声，血花飞溅之处，人头早已滚落在地了。

小黑既杀了小和尚，心里暗暗盘算：照他刚才说的话中猜想，那个采花和尚想来就是铁头和尚了。而且咱的少爷还关在地道中，大概也没有被杀吧！咱一个人想来难以把他们救出，何不回去告诉范老爷，叫他请几位大侠前来一同破获，岂不更好？否则这儿机关众多，咱不是也白白送死吗？

小黑想定主意，遂悄悄地溜出白雀寺来，一路急急下山，赶回城中。经过一家酒店的门口，他的肚子不免又咕咕地叫了起来，于是他就一脚跨了进去，谁知齐巧被白犹龙兄妹俩瞧见了。当下小鹃站起身子，咦了一声，招手叫道："你，你……不是小黑吗？怎么会到四川来呀？"小黑见了小鹃，真仿佛遇到了救星一般，遂奔了过来，叫声"白小姐"，他便呜咽地哭泣起来了。这一来把个犹龙小鹃都吃了一惊，遂拉他坐下，急急问道："老大个子，有话快些告诉吧！哭起来算什么意思呢？到底又发生了什么变故了?"小黑收束泪水道:"事情说来话长,咱的小姐和少爷都已陷在白雀寺里了呢!"犹龙道:"什么?白雀寺的圆明僧已死,他们这般和尚都已改过自新,怎么又作恶起来了吗?"

小黑因为还不曾见过犹龙,遂向小鹃问道:"表小姐,这位爷是谁呀?"小鹃因为要紧问话,所以忘记介绍,此刻被小黑一问,遂说道:"他就是我哥哥犹龙。"小黑哦了一声,一面行礼,一面又道:"咱们此番原来是找寻两位的,因为姑老爷被县衙门里捉去了。"犹龙小鹃一听爸爸被捉,急得双泪直流,急问是为了什么事,小黑道:"为了什么事咱也不知道,好在大老爷、二老爷已动身到昆明去了。现在最要紧的事,先把咱们小姐少爷去救出来,否则,他们的性命也许会发生危险。"

犹龙、小鹃知大舅父、二舅父已到母亲那儿去了,心里略为放心。一面又问明了小黑经过,于是匆匆吃毕,他们三人便奔向青峰山白雀寺里去了。

欲知二人能否救出,且看下回再说吧!

第七章

白雀寺中小燕险遭劫

我们要说到拿出迭魂帕来把小蛟迷倒的那一个道姑，原来她就是小和尚告诉小燕的这个鸣鸾仙姑。她是了凡师太的师妹，因为两人发生了意见，各走一端。所以鸣鸾仙姑的生活，从此也荒唐起来。铁头和尚正在渐渐不支的时候，突然见鸣鸾仙姑把小蛟迷倒，心里真是非常高兴，一面向她道谢，一面上前便欲把小蛟结果，却被鸣鸾仙姑拉住了。鸣鸾仙姑向他瞟了一眼，笑道："道兄，你且住手，这孩子很可爱，贫尼把他留着还要派一些用处哩！"

铁头和尚知道她的意思，遂也笑了一笑，说道："你想把他解个闷儿吗？不过也得找个地方呢！"鸣鸾仙姑微红了两颊，逗了他一瞥羞涩的目光，说道："好久不作此种消遣了，这孩子令人喜爱，所以今夜想尝试一下童子鸡的味儿。离此不远就是白雀寺，咱们何不到你师弟那儿去耽搁一宵？你师弟也是个中老手，说不定藏春坞中有许多美女，可以给你挑选一个玩玩哩！"铁头和尚听了她末了这几句话，心里倒是一动，遂笑道："如此甚好，咱们且到白雀寺里找圆明僧去吧！"

于是鸣鸾仙姑取出一个法宝，把小蛟身子摄入一个瓶里，和

81

铁头和尚匆匆到白雀寺去了。这时已经五更相近，天色微明，青峰山上松柏对峙，矗立云霄，笼罩着烟雾，景致颇为动人。走进山门，见大雄宝殿上已有许多和尚叮叮咚咚地在做功课了。原来自从圆明僧死后，便由老僧广清和尚做当家。他想佛门乃是清静之地，岂可如此荒唐下去，所以便把寺内整顿一新，不再允许众僧干荒淫之事了。

这时广清和尚见了两人，便上前迎接，双手合十，问道："两位从何而来，仙乡何处，不知叫何法名？"铁头和尚道："这儿当家圆明僧乃吾之师弟也，汝是何人？"广清和尚见他好生无礼的样子，遂很不悦地答道："圆明大师父圆寂已久，现在贫僧乃这儿当家是也。"铁头和尚哎哟了一声，说道："师弟已死了吗？他是怎么样死的呀？"广清和尚遂把众小侠前来报仇之事，向他告诉了一遍，并说道："高僧既是圆明大师的师兄，就在这儿玩几天吧！"

铁头和尚见白雀寺十分巍峨，心中颇为喜欢，遂说道："不瞒老僧说，师弟在日，曾经和咱有约，说将来师弟死后，白雀寺乃归咱管理。如今师弟既已死去，咱便是这儿的当家了，请老僧还是到别处去安身吧！对不起，对不起！"广清和尚听了这话，不禁勃然作色，说道："这话从何说起？汝敢前来夺吾之寺院吗？"铁头和尚听他这样说，便也大喝一声，说道："咱好言相劝，你敢违拗咱的意思？想来是活得不耐烦了。"说着，挥拳向他就打。

广清和尚如何肯让？于是在大殿上两人便拳来脚去的大打起来。各人施展平生本领，一来一往，战了一个多的时辰。广清和尚竟渐渐不敌，被铁头和尚飞起一腿，身子竟踢出了一丈多远。

铁头和尚一个箭步，赶到他的面前，把脚踏住他的身子，厉声喝道："要死要活，快快说吧！"广清和尚只好说道："既被打倒，情愿把白雀寺给你掌管，然而希望你领导众僧要达到光明的道路才好。"铁头和尚冷笑道："不用多说，给咱快快地滚吧！"说着，遂放了他起来。广清和尚向他双手合十，便愤愤走了。

这里铁头和尚向众僧又教训了一顿，并且把大殿上那只铁鼎一拳打倒地上，说道："以后若有人不听咱的命令者，当如铁鼎同样处罚。"众僧见那只铁鼎少说也有一千多斤的重量，今被他轻轻一拳打倒，也可见他的本领了。于是大家拜服在地，从此便服服帖帖地听从他的吩咐了。

当下铁头和尚把鸣鸾仙姑请到方丈室坐下，笑道："师妹，从此咱们便可以在这儿安身了。"鸣鸾仙姑笑道："你也真辣手的，这样就把白雀寺强占了。"铁头和尚道："你不知道，这个世界，本来只有强权，没有公理的。假使你没有武力，那你就没有生存之地哩！"说着，遂叫知客僧到来，陪伴他们到地道室去巡视一周。鸣鸾仙姑到了一间禅房，见里面很是清洁，遂说道："道兄，咱在这儿要养息一会儿了，你请自便吧！"

铁头和尚猛可想起她身上还带着一个小伙子哩，这就向她神秘地一笑，点头自管和知客僧走了出来。一面向他问道："这儿圆明大师父在日，难道没有藏着许多的美女吗？"知客僧知道他也是个贪色之辈，遂微笑道："圆明大师父在日，这儿原有个藏春坞，后来他死后，被广清和尚全都赶下山去了。"

铁头和尚听了，恨声不绝地连喊："可杀，这老东西太可恶了，怎么全把美女都赶走了呢？"知客僧听他这么说，遂向他奉承道："要美女也是容易的事情，大师父将来仍可以把美女一个一个弄上山来的呀!"

铁头和尚笑道:"不过此刻我很想有个玩玩,不知你有办法去弄一个来吗?"知客僧笑道:"有倒有一个,只不过年纪大了一些。"铁头和尚笑道:"那么有多少年纪了?"知客僧道:"四十相近了吧!"铁头和尚倒抽了一口冷气,笑道:"太老了,太老了,差不多头发也快白了的一个老太婆,那还有什么趣味的吗?"知客僧笑道:"年纪虽然四十相近,可是说老也不老,脸儿白白胖胖,远看也不过二十七八年纪罢了。"

铁头和尚听他这么说,那颗心倒又活动起来,笑道:"真的吗?"知客僧笑道:"小的有几颗脑袋,敢和大师父开玩笑?"铁头和尚道:"那么你快去把她叫来,若果然不错的话,咱明天就重重地赏你。"知客僧道:"不敢受大师父的赏,那么大师父请在这个卧房里等着吧!"说着,把手向旁边一间卧房指了指。铁头和尚遂跨步进房,知客僧给他亮了灯。铁头和尚道:"你把她去喊来,不知要多少时候?"知客僧道:"不多一会儿,就可以到来的。"

铁头和尚道:"那么她难道情愿跟你一块儿到来吗?不知她家里还有丈夫吗?"知客僧很神秘地一笑,说道:"大师父,我老实告诉你吧,这个妇人名叫小翠,现年四十多岁。"铁头和尚一听这么大的年岁,猛可双手乱摇,哈哈笑道:"我从来不曾玩过这么年老的娘们,请你别叫了。"

知客僧道:"你不要说她年老,一听她的出身,你就不以为老了。这个小翠,自幼生长在江苏扬州,从小没了父母,给她堂叔父卖到妓院里去。那时年纪幼小,鸨母便认了养女。一直到十五岁的时候,小翠出落得花容月貌、秀慧出众。而且她心灵智

84

慧，学得一手弦索，配上她呖呖莺喉，唱得几支动听歌儿，引得扬州地面上一班达官缙绅以及纨绔子弟，无不乐于接近。所以那家妓院一到晚上，真是一片笙歌乐管、猜拳行令之声，达于户外。那时鸨母认为她是一棵无价的摇钱树，便看管得异常严紧，除了接待嫖客酒宴之外，不得伴宿通宵。可是小翠目接身受这样的情景，早明白这个玩意儿。鸨母一个疏忽，她被一个年轻的龟儿弄上了手。岂料龟儿享受了这种艳福，还认为是偷偷摸摸，不能长久，便和小翠商量私奔。小翠这时为了色欲，就私奔了出去。可是事有不巧，给鸨母报了官厅，双双拿住，发卖官媒。那时圆明大师父恰在扬州刺探仇人，也曾见过小翠，于是他乔装阔少，把小翠娶了出来。第一夜和她同床之下，就知道小翠非同寻常，竟有一身特殊功夫，而且肌肉里散发出来一种奇怪的香味，于是圆明大师父便认为终身相好。自从圆明大师父死后，她就被驱逐下山。咱因为她非常风骚，所以附近给她借间房子居住，有空的时候，和她去玩玩。现在大师父既然想女人，小的就把她赠送给大师父，只要大师父心里喜欢，咱也很快乐的了。"

铁头和尚哦了一声，笑道："原来如此，他还是咱师弟的相好哩！现在是你的姘妇了，但你忍痛割爱，又把她送给了咱。你这人真待咱好，明天起，把院中所有银钱进出，都归你掌管吧！"知客僧听了，乐得耸了两耸肩膀，跪在地上，连连叩谢。并且又道："大师父，说起小翠的功夫，真是天字第一号，保叫大师父称心满意。"

铁头和尚被他说得心里奇痒难抓，笑道："废话少说，你快把她去叫来是正经呀！"知客僧答应一声，便兴冲冲地奔出去了。不多一会儿，知客僧果然领了一个中年妇人进来了，向她说道：

"这位就是大师父，你得好好地伺候，将来又可以在院中享福了。"说着，他就悄悄地退出去了。

铁头和尚见她生得一副白净的脸儿，看起来年纪不到三十，而且眉目间显出风流的意态，一时心中十分喜欢，暗想：常言道越老越骚，越老越有滋味。他这么一想，全身便起了异样的变化，笑道："大娘子，你的名儿叫小翠吗?"小翠盈盈一笑，向他福了万福，说道："奴家正是小翠，大师父法号是什么?"铁头和尚笑道："咱家法号铁头和尚。"说着话，拉了小翠的手儿，已一同坐到床上去了。

小翠红了两颊，秋波乜斜了他一眼。铁头和尚见她妩媚得可爱，觉得自己和女人家接触以来，这样柔情蜜意的实在还没有遇见过。因为自己终是用强迫手段，所以任她花容月貌，也感不到什么兴趣的。他想今天该痛痛快快地乐一乐了，于是把小翠抱在怀中，先吻了她一个香，然后便唤香工进来，叫他烧上几味上好的菜，要了两壶好酒。

不一会儿，香工送了进来，小翠便安了座位，与他斟了满满一杯，回头便哧哧地笑起来了。铁头和尚见她笑的时候，还把身子不住地扭捏。经她这么一扭捏，自己便喝了一大盅的酒，笑道："人家说你功夫好，现在单瞧了你这一种举动，想来此话一定不虚的了。"他一面说，一面便把她的小脚勾了起来，握在手里，还不满一握，颇觉可爱。

她一面听铁头和尚说话，一面把俏眼儿偷偷地望了下去，一颗芳心，这就忐忑地乱跳。小翠自从十五岁到现在，足足过了二十多年淫荡的生活，却没有遇到过这样穷凶极恶之徒，觉得铁头和尚的功夫，确实是好到最高峰了，和自己真可说是棋逢敌手、将遇良材的了。

铁头和尚对于小翠这样放荡不羁的淫妇，自然也还只有第一次遇到。所以你贪我爱，混了一个多时辰，大家还不肯罢休。铁头和尚笑道："听说大娘子和圆明大师父是老相好，你觉得咱家的功夫，比他如何？"小翠笑道："圆明大师父怎及得来你。"说着，又咯咯地浪笑起来。铁头和尚见她如此神情，把她爱到心头。从此以后，便把她当作宝贝一般看待了。

不说两人在禅房里共参欢喜禅，且说鸣鸾仙姑待铁头和尚走后，就把法宝取出，放下小蛟，给他睡在床上。自己脱了衣服，和他并头躺了下来。两臂搂住了小蛟的脖子，对准他的嘴，发狂般地吻了一阵，一面伸手把他衣裤脱尽，同时把他抱得紧紧的，小嘴向他吹了一口气，却闭起了眼睛，并不作声。

小蛟被她吹了一口气之后，便睁眼悠悠地醒了转来，一见自己的身上压着一个软绵绵的身子，他心里这一骇异，还以为是在梦中哩！于是便咳嗽了一声，伸手再摸摸她的身子，却是光滑滑的。那还不是实在的事情吗？于是他哎哟了一声，不禁大喝道："你这不知廉耻的女子，到底是个什么妖物？敢来迷惑小爷吗？爷是堂堂七尺男子，不是个贪色之辈，汝若不快快起来，莫怪小爷无情了，那时你就后悔莫及。"

不料小蛟这样大骂，鸣鸾仙姑却一声儿也不作答，只管紧紧地搂抱着他。小蛟暗想：这是怎么一回事？咱在荒郊之外，不是和一个贼秃在斗剑吗？后来又怎么了呢？想着，沉思了一会儿，忽然理会过来了。是的，后来不是有个道姑把自己迷倒了吗？大概这不要脸皮的女子，就是那个道姑无疑了。于是用力把她身子向旁边推去，意欲把她掀下去。但是说也奇怪，鸣鸾仙姑压在他的身上，仿佛已敲了钉子似的，再也掀她不下来了。

大凡一个人都有性的冲动，小蛟全身赤裸，被一个女子也精赤地覆压着，任你是柳下惠再世，不是也会心猿意马起来了吗？况且小蛟是个年轻的小伙子，他对于鸣鸾仙姑的不知廉耻，虽然是万分痛恶，不过事实上他已不能抗拒了。

鸣鸾仙姑当然是感觉到的，所以她认为自己的计划是成功的。可怜小蛟是从来也没有亲近过女色的人，于是他在无限甜蜜温柔之中竟也迷恋起来了。这样一连过了好几天，把个小蛟迷得骨瘦如柴，躺在床上，却再也不能够动弹了。但鸣鸾仙姑却不顾死活地给他吞服春药，还要他日夜地宣淫。

这天鸣鸾仙姑见他两颊瘦削，真的已不成人形，于是心头也慢慢讨厌起来。她想铁头和尚身强力壮，咱倒不妨和他去玩玩。于是走到他的禅房去找他，不料小翠告诉说，铁头和尚已下山玩去了。鸣鸾仙姑好生不悦，只好又回到自己禅房内去了。

诸位，你说铁头和尚是到哪儿去了？原来他把小翠玩了几天，也有些厌了，所以下山去玩玩，预备物色几个美人来，换个新鲜的。进了城里，听说小孟尝范人龙家里很有钱，他便借化缘为由，想引她们几个小姑娘出来。谁知小燕见了他，真是仇人见面分外眼红，便和他打了起来。这也是铁头和尚合该倒霉，却被小黑冷不防打了一拳。因为没有防到，所以被他打得吐出血来，立刻翻身逃回白雀寺。小翠见他狼狈而回，遂急问被谁欺侮了，铁头和尚道："快不要提起了，你把伤药拿出来，给咱吞服了，再作道理。"小翠听说，遂把伤药取出，服侍他吞下。

铁头和尚服下伤药之后，他猛可握拳向桌子上一击骂道："这小妮子真可恶之至，咱家若把她捉来，必定将她碎尸万段，方消咱心头之恨呢！"小翠被他这么一说，心中倒是吃了一惊，遂把秋波逗给他一个娇嗔，说道："啊哟，在这里发这么大的脾气干什么？倒把奴家吓了一大跳哩！"铁头和尚这才理会过来，遂把她搂在怀里，笑道："你别害怕，咱家实在是气糊涂了呢！"

正在这时，忽然小和尚来报告道："大师父，机关里掉下了一个小姑娘呢！"铁头和尚一听，暗想：这小姑娘是谁？难道又是她吗？假使果然是她，那不是自寻死路？于是丢下小翠，就匆匆走到机关室来，手指在壁上一揿，开出一道月亮门来。铁头和尚挨身而入，只见里面果然有个小姑娘，她的两手被上面两只铁钩捉住，地下还落着两柄剑。仔细一瞧，正是刚才那个，遂不禁得意地笑起来了。

原来这个姑娘，就是罗小燕。当下她见了铁头和尚，便倒竖了柳眉圆睁了杏眼，向他喝到："好大胆的贼秃，你把咱哥哥到底藏在何处？若不从实告诉，姑娘定然要你的狗命！"铁头和尚见她娇小玲珑，虽然薄怒含嗔，却是非常妩媚可爱。所以被她这一顿大骂，倒反而笑了起来。走上一步，把两柄太极阴阳剑从地上拾起，向她扬了一扬，笑道："小姑娘，既已被捉，你还要这样凶恶吗？瞧现在这情景，谁能要谁的命呀？"

小燕冷笑道："要杀便杀，何必多言？姑娘生不能啖汝之肉，死亦当夺汝之魄哩！"铁头和尚笑道："何必这样生气？咱家慈悲为怀，岂肯下此毒手吗？小姑娘，你别骂，大师父身上有宝贝，回头和你乐一回，保叫你会喜欢哩！"春燕听他说出这些下流的话来，一时直羞得连耳根子都通红起来，恨恨地啐了他一口，飞起一腿，便欲踢他。

铁头和尚慌忙倒退两步，望着她海棠花那么娇媚的脸儿，笑道："姑娘，不要生气，说句玩笑话打什么紧？咱家还不曾请教你的尊姓大名哩！"小燕见他一味贼秃嘻嘻的样子，一时心生一计，遂也不再显出愤怒的样子，说道："咱姓罗，名叫小燕。大师父的法名，可是叫圆明僧吗？"

铁头和尚见她竟也问起自己的名字来，遂也笑说："小姑娘，你别胡猜吧！圆明僧是早已不在了，铁头和尚，乃是圆明僧的师兄是也。"小燕听圆明僧已死，心里暗暗欢喜了一阵，遂又说道："原来你是铁头大师父，久仰得很！可是咱们和你无怨无仇，你为何把咱哥哥捉到这儿来呢？"铁头和尚笑道："问你自己呀！咱家和你们无怨无仇，你们兄妹为何和咱家作对呢？"小燕道："你是个出家人，应该安分守己才是，怎么竟强奸妇女？这不是个佛门的叛徒吗？"

铁头和尚被她问得无话可答，倒不禁望着她愕住了一回，笑道："照你说出家人就不应该玩弄女人了吗？你要知道，春天到了，狗儿跳，猫儿叫，畜牲也要鸣春呢！难道人为万物之灵，就没有性的需要了吗？"小燕啐了他一口，说道："谁和你说这些废话，现在姑娘只要你把哥哥和咱一同放走，万事全休，否则……哼！"铁头和尚笑道："否则，便怎么样呢？"小燕恨声不绝地道："否则，便要你的脑袋。"铁头和尚噗地一笑，说道："你自己的脑袋恐怕保不住了，还想要咱大师父的脑袋，那你真在做梦哩！"说时，走到壁旁，便把手指在一个铜圈上一按，只见小燕的身子便慢慢地悬到半空去了。

小燕这时芳心里，真是又羞又急。谁知铁头和尚走过来，伸手把她两只小脚儿握住了，细细把玩了一会儿，觉得比小翠的更要小上一倍，一时爱不释手，笑道："罗姑娘，你到底答应咱吗？

假使你答应陪大师父玩一会儿，咱一定放走你。"小燕本待破口大骂，但转念一想，咱何不将计就计地骗他一骗呢。于是忍气吞声地笑道："大师父这样子对待咱，就是咱答应了你，又怎么样的玩法呢？所以你快把姑娘放下来是正经呀！"铁头和尚也是个聪敏的人，他料想小燕是不会答应的，所以他拿过一条丝带把小燕两脚缚住了，然后又把小燕身子放到地上，走过去用手拧了她一下面孔，笑道："罗姑娘，现在你还有办法踢我了吗？"

小燕两手两足都失去了自由，一时心中真仿佛是热锅上的蚂蚁，把粉脸偏了过去，颦蹙了翠眉，说道："大师父，姑娘既答应了你，你何必还要捉弄咱呢！"铁头和尚笑道："咱家知道你是个刁滑的姑娘，岂肯真心答应咱家吗？"小燕掀着笑窝儿，妩媚地说道："你放心，姑娘确实是真心答应你的。"铁头和尚猛可扑上去，抱住了她的颈项，在她樱桃似的小嘴上紧紧地吻了一个够。

小燕既然一些自由都没有了，当然是无法躲避的，所以一颗芳心，真是羞涩到了极点，而且也是痛恨到了极点，遂把小嘴在他唇上狠命地咬了一口。铁头和尚正在感到无限甜蜜的当儿，对于小燕一下冷不防的举动，确实是出乎意料的，一时疼痛得不禁大喊了一声，倒退了两步，手扪着嘴巴。好一会儿，拿下手一瞧，却是一片鲜血。这就恼恨得不得了，走了上去，伸手在她胸前摸了一阵，骂道："好个狠心的妮子！你竟把咱家唇都咬破了。"小燕的胸口被他这一阵子乱摸，真个是羞得无地自容，遂咬着牙齿，咯咯作响，说道："你不要侮辱咱，你还是把咱赶快地杀死了吧！"

铁头和尚抹去了唇皮上的血水，冷笑了一声，说道："你倒想死吗？可是咱家偏不许你死哩！你不喜欢咱家，咱家也偏跟你玩个爽快。"他一面说，一面把小燕的衣服已扯破了。这就见小燕雪白的酥胸露了出来，粉雕玉琢，真是令人喜爱。铁头和尚一面任意乱摸，一面把她大红肚兜也解了下来。只见小燕两只结实的乳峰，真像两堆小丘，尤其两颗红红的乳头，更令人魂销。铁头和尚瞧得有些木然了，望着她愕住了一会儿，突然他发狂起来，抱住了小燕，把嘴衔了那新剥鸡头肉，紧紧地吮吻了一阵。小燕在这个情形之下，真是求生不能，求死不得，她几乎要哭起来了。

谁知就在这个当儿，突然间从楼板上掉下一个少年英雄来，他的两脚齐巧踢在铁头和尚的头上。铁头和尚冷不防之下，身子竟仰天跌了一跤。那少年手中原握着一柄长剑，于是挥剑斫去。铁头和尚慌忙纵身跃起，可是已经来不及，他的右臂竟飞向半空去了。这一疼痛，真是痛彻心扉，遂回身向月亮门外而逃，那少年遂抢步追了出去。小燕见他不来救自己，一时也顾不得羞涩，向他大叫道："这位大爷，你且不要追赶，先把咱救了再作道理吧！"

诸位，你道这少年英雄是谁？原来就是白犹龙。当时犹龙听她这样说，遂回身进内。但瞧到了小燕之后，他不免又倒退了两步。小燕明白他的意思，遂绯红了两颊，只好厚着脸皮说道："事到如今，也管不得这许多了，请爷快给咱松了缚吧！"

犹龙因为她的两手是被机关抓住着，这就蹙了眉尖说道："姑娘，开放机关的地方，你知道在哪儿吗？"小燕道："这个咱如何知道？你拿剑把它劈断是了。"犹龙望了自己手中拿着的长剑一下，摇头道："这剑恐怕未必中用吧。"小燕急道："你不见地上还放着两柄太极阴阳剑吗？随你捡哪一柄都行。"犹龙一听太极阴阳剑五个字，这就猛可理会过来了，不禁哟了一声，笑道："你，你……莫非是小燕表妹吗？"小燕听他呼出自己的名字，也十分奇怪，忙道："你是谁呀？我的名儿正是小燕。"

犹龙方知那姑娘就是罗小燕，遂一面把太极阴阳剑取来，将机关斫断，一面已背过身子去，说道："咱就是白犹龙，这次承蒙表妹为找咱们兄妹而来，累你受了许多委屈，真叫咱心里感激万分。"小燕听他就是姑妈的儿子，一时又羞又喜，遂急急地披上衣服，叫道："原来你就是犹龙表哥，不知道你如何晓得咱被关在这里呀？"

这时犹龙也回过身子，和小燕重新见礼，一面说道："我们遇见了小黑，小黑告诉我们说表妹和表弟都陷身在白雀寺，所以咱们就赶着来了。谁知咱到了一间佛堂，不知怎的踏着了机关，所以掉落下来。谁知这贼秃正对表妹非礼，那事情也真凑巧的了。"

小燕听了，这才恍然大悟，因为自己和哥哥原找寻他们兄妹而来，现在无意之中相遇在一块儿，这当然是非常高兴。遂在地上拾起阴阳二剑，向他说道："表哥，那么我们快一同出去救哥哥吧！"犹龙点头称是，两人遂一同仗剑奔出。

只见下面好像是个地道，黑魆魆的十分可怕。只有一间禅房中，尚亮有灯火。两人摸索前进，忽然听得一阵瑟瑟的声音，只见禅房中走出两个女子来，接着地道中大放光明，原来那两个女子已在各放剑光格斗了。犹龙凝眸一看，见其中一个少女，正是自己妹子小鹃，于是也吐出一道剑光，加入助战。小燕当然也认识小鹃的，遂也把小嘴一张，只见三道剑光，抵住一道剑光，搏杀不已。那另一个女子当然是鸣鸾仙姑无疑了，她见前后受敌，有些胆寒。

不料正在这时，忽听砰的一声响，那地道竟坍了下来，而且浓烟密布，火光直冒。鸣鸾仙姑知事不妙，遂把剑光收起，纵身一跃，借着火遁逃跑了。小燕这就忙问道："鹃妹，你可曾见我哥哥没有？"小鹃把嘴一努，叹了一口气说道："燕姊，你进里面去瞧瞧。"小燕不知何事，遂急急奔进禅房，在灯光之下，一眼瞥见了床上的哥哥。她哎哟了一声，不禁竭叫起来了。

不知究系为着何事？且待下回再行分解。

第八章

燕子坡外黑儿竟遇妖

犹龙兄妹和小黑到了白雀寺，不料犹龙竟误踏机关，跌了下去。小鹃哟了一声，说道："这可怎么办？"小黑道："咱小姐也是从这里跌下去的。"小鹃道："咱们分路走吧，你可以在四处放起一棒火来。"小黑点头答应，遂自管走开放火去了。这里小鹃捉到了一个小和尚，叫他领到地道室来，遂把他一剑斫死。她摸索了一会儿，走到一间禅房的门口，见里面亮着灯火，从窗缝中偷窥进去，不觉啐了一口，那粉脸儿顿时热辣辣地通红起来。原来房中床上躺着一个男子，全身精赤，人瘦得像个骷髅。床旁站着一个女子，袒胸露臂，却以手抚弄他。

小鹃到此，真是怒不可遏，遂仗剑劈窗而入，娇声怒叱道："好个不要脸的淫妇，瞧姑奶奶的剑吧！"说时，早已一剑斫了过去。那个女子就是鸣鸾仙姑，她因为找不到铁头和尚，所以又来跟小蛟寻欢。小蛟此刻虽然非常痛恨她，但是已经无力反抗，所以也只好任她摆布。不料正在这时，突然见窗外跳进一个姑娘，小蛟回眸望去，如何会不认识她，一时又羞又喜，遂高声叫道："小鹃表妹，速来救我。"小鹃被他一喊，遂回头望去，手慢了一些，竟被鸣鸾仙姑避过一剑，她的身子便闪了开去。因为手中没

95

有武器，她就把嘴一张，吐出一道剑光来伤害小鹃。小鹃哪里放在心上，遂也吐出剑光，抵住了她。一面向小蛟细望，谁知竟是表哥罗小蛟。她心中这一酸楚，几乎要淌下泪来，遂说道："你是小蛟表哥吗？哎哟，你如何被她迷成这个模样儿了？"那时鸣鸾仙姑身子已向外走，小鹃于是也无暇再顾小蛟，跟着追出，不料齐巧遇着哥哥和小燕表姐也到来了。

且说小燕奔进房中，一见哥哥已成骷髅，她心中一阵痛伤，这就顾不得哥哥还是全身精赤，她就奔到床边，叫声"哥哥"，哭泣起来，说道："你怎么会被这淫妇迷成这个样子啊？"小蛟听了这话，羞惭满面，不禁泪下如雨，说道："妹妹，想不到咱今日死于此地矣！"这时犹龙、小鹃也跟了进来，见了小蛟这个情景，也都伤心落泪。

小蛟见了犹龙，便收束泪痕，说道："妹妹，此位是谁？"小燕道："这位就是犹龙表哥呀！"小蛟望了犹龙一眼，说道："龙哥，咱们遇见了，那是再好没有，咱可说是尽了责任了。"犹龙叹道："蛟弟为找寻咱们而来，今日累蛟弟至如此苦境，叫咱心中如何说得过去？现在快快穿上了衣服，待咱负你出去吧！"小燕、小鹃听了，遂急把小蛟的衣服穿上。

犹龙负了小蛟，和小燕、小鹃急忙奔出。只见地道中火光熊熊，已是烧得非常厉害。烟雾把三人迷得几乎睁不开眼睛来，因为四面是火，大家弄得无路可走。小蛟急道："龙哥，你负着小弟，甚为不便，还是丢下了咱，你自己逃命吧！"犹龙哪里肯依，说道："蛟弟，此话如何说起？要死大家也死在一块儿。"这时浓烟更密，火势愈旺。三人因为不会火遁，所以竟无法可想。小鹃叹道："咱嘱小黑放火，想不到竟害了咱们自己。"三人正束手待毙，忽然见东首壁上突然开出一个大窟窿来，只听小黑破毛竹似喉咙大叫道："小姐，少爷，你们快向这儿奔出来吧！"

犹龙等四人一听大喜，遂急夺路而走，蹿过窟窿。到了大殿之上，只见火势更旺。小黑道："白雀寺已全部烧了，咱们快下山去吧！"于是四人奔出山门，大家逃下青峰山来。回头见山上白雀寺，都已被火光包围了。时已暮色笼罩大地，所以上空映得满天血红，把一班走兽吓得四处乱窜，飞禽也远远避开。犹龙道："上次没有斩草除根，至今日又有如此祸患，早知这样，当初就该把它一棒火烧了。现在咱们怎么样呢？是不是该找个地方让蛟弟休息休息呢？"小燕道："咱们原耽搁在小孟尝范老伯家里，你们跟咱一块儿进城吧！"

于是一行五人，匆匆回到范府。人龙夫妇俩正在万分忧愁，现在见小燕等回来，不觉大喜，遂忙问道："孩子，你追着这个贼秃是到哪儿去了？咱回到家中，你干娘告诉我这个消息，那可把咱真急死啦！"小燕道："干爹，这个贼秃名叫铁头和尚，原来就是圆明僧的师兄。他盘踞白雀寺中，无恶不作，现在给咱们一棒火烧了。孩子给干爹介绍，这位是表哥白犹龙，这位是表妹白小鹃，这是咱哥哥小蛟，被一个妖尼迷得这个模样，那真叫人烦闷哪！"

犹龙、小鹃听了，慌忙向人龙行礼。人龙一面答礼，一面瞧犹龙背上那个小蛟，真是骨瘦如柴，遂皱眉说道："那么快把贤侄送到房内去躺着吧！来，来，你们随咱来吧！"人龙说着话，身子已向房中走去。于是众人一同进房，犹龙把小蛟放到床上，小燕给他脱了外衣和快靴，盖上了被子。仆人送上香茗，人龙说道："颜老伯在前天又回家去了，蛟侄此病又不是普通的，市上之医恐未必有效，那可怎么办？"欧晓月说道："那么事不宜迟，还是快着人去请他来吧！"小黑一听，便插嘴道："颜老爷府上不知在哪儿？小的立刻就去好了。"人龙道："就是离此一百里的燕子坡，那么你还是骑马去吧！"小燕忙道："你骑了咱那匹玉兔追风去吧！来回就快得多了。"小黑答应一声，匆匆自管去了。

这里犹龙又向小燕问道："表妹，咱听小黑告诉，说咱爸爸被县衙门里捉去了，不知究系犯了何罪，表妹可知道吗？"小燕道："犯了何罪倒不知晓，你家张三来报告，只说姑爸突然被捉，姑妈因为无人商量，所以叫你们回家。但是表哥、表妹都不在咱家中，所以爸爸、大伯先跟张三到昆明去，咱和哥哥就来四川找你们了。"

犹龙听了这话，心中非常痛苦，意欲立刻动身赶往云南，无奈小蛟又病得如此模样。因为他们是为找咱们兄妹而来，换句话说，他的病至少也是为了咱们而害，所以在咱们心中实在担着非常的抱歉。犹龙想到这里，殊觉左右为难，沉吟半响，忽然有了主意，便向小鹃说道："妹妹，爸爸被捉，可怜妈妈心中一定悲痛万分，所以咱们得此消息，恨不得插翅飞往云南，一视究竟。但是蛟弟为了咱们，又病得如此厉害，这叫咱们又怎能忍心匆匆别去？现在为今之计，妹妹且暂时留在这儿，和小燕表妹一同服侍蛟弟，咱想此刻就动身赶路了，不知妹妹意下如何？"

小鹃还没有开口说话，小蛟在床上忙摇头说道："龙哥，你且不要顾虑小弟，小弟有妹妹在旁服侍，那也不要紧了。姑爸被捉，生死未卜，姑妈当然痛心万分，所以你们还是快快前去，不要为咱耽误了正经才好。"犹龙道："燕妹一个人也没有商量，咱想反正有我一个人去了，鹃妹就在这儿和燕妹做个伴吧！咱主意已决，就此便走了。"他说到这里，身子已是站了起来。

这时小鹃心中最为难了，觉得留下了又不好，跟着哥哥一块儿走也不好。所以她不住地忖心事，暗想：前儿咱到罗家集去，在半途上险些被广法僧奸污失身，幸而小蛟表哥相救，方才保全女孩儿的清白。现在小蛟表哥又为咱们病得这个模样，咱若不留在这儿服待他，以报答他的大恩，那咱不是太没有情义了吗？但是爸爸被捉，这事情又何等重大！咱若不跟哥哥一块儿赶回家去，这做女儿的又如何对得住爸妈呢？小鹃心中有了这样困难，所以焦急得像热锅蚂蚁似的，真不知如何是好，今听哥哥此刻就走了，她也情不自禁地站了起来。

小燕也早向犹龙说道："表哥，今天已晚，就是要走，也得明天走吧！"犹龙道："不，咱早一个时辰赶回家中，心里就可以早得到一些安慰。"说到这里，又把小鹃的手握住了，说道："妹妹，你不用难受，想吉人天相，凡事定能逢凶化吉。你准定留在这儿，我早走一步了。"小鹃听哥哥这样说，遂也含泪说道："那么待蛟哥哥病稍愈，妹子当立刻赶回家中是了。"犹龙点头说好，他又向小蛟安慰几句，然后方向人龙夫妇拜别。

人龙因为人家为了父亲的事情，当然不便强留，遂赠了三百两纹银，作为川资之用。犹龙不肯收受，说："小侄身边尚有不少银两，足够抵付回家之盘费。"人龙道："万一路上有什么事情，这些银子也可备用，贤侄千万不用客气。"犹龙见他情意真挚，遂也只好道谢收下，一面身子已步出大门去了。

小燕忽然想到了什么，便和小鹃追出来，说道："龙哥，你且慢走，咱瞧你心急如火，反正哥哥病着，你把那匹滚江龙骑了去吧！"犹龙听了这话，不禁大喜，说道："燕妹如此加惠，真使我感激不尽矣！"此刻小鹃忽想到自己两匹马尚在那家小酒店中，于是嘱咐仆人前去牵回，一面送着犹龙跳上马背，只见他扬起一鞭，早已绝尘而去矣！

小燕、小鹃目送犹龙在斜阳光晖下消失了人马的影子，方才携手回到房中。人龙夫妇道："天已入夜，你哥哥此刻不知可曾肚饿，要不烧些稀粥给他垫垫肚子吗？"小燕听说，遂问哥哥。谁知小蛟此刻已入昏迷状态，却并不作答。小燕道："此刻已睡着了，给他养一会儿神也好。"人龙道："那么你们且和咱们一块儿到外面用饭去吧！"

小燕、小鹃听了，遂跟他们步到饭厅里去。其实两人心中也没有了吃饭的心思，小燕只管想着小黑为什么还没有回来，因为照玉兔追风马的速度而论，不出两个时辰，就可以打来回的了。那么除非他在半途上又出了什么意外的事情。想到这里，食不能下咽，皱了柳眉，只管出神。小鹃却在想爸爸不知犯了何罪，怎么竟被官府捉去了，莫非有人在陷害他老人家吗？想到这里，当然也吃不下饭了。

人龙夫妇见两人这个样子，遂安慰他们道："你们不要忧愁，蛟侄的病虽深，但颜老伯一到，自当有办法医治的。至于白小姐爸爸被捉，当然也有水落石出的一天，官府岂能冤枉良民吗？"小燕、小鹃听了，也只有唯唯答应。匆匆饭毕，大家又来探望小蛟，见小蛟兀是昏沉熟睡，而小黑也没有到来。人龙夫妇心中也暗暗焦急，猜想小黑在半途一定又出乱子了。

诸位，你道小黑怎么许久没有回来，谁知他真的在半途上发生了乱子呢！原来小黑骑了玉兔追风马，如飞一般地直向燕子坡而去。约莫行了八十里的路程，天色完全已黑，一钩新月，也早已从天空中掩映而出。这时他的肚子里便又雷鸣似的怪叫起来，小黑别的还可以忍耐，只有肚子饿是万万也忍熬不住的。所以他四处张望，瞧有没有酒店，但这样荒僻的乡村，哪里来的什么酒店呢？

他正在暗暗发急，突然见前面有一间草屋，屋中有灯光亮出。小黑一见大喜，遂跳下马背，上前敲门。不多一会儿，便有一个小姑娘开门出来，见了小黑，便抿嘴一笑，问道："客官是借宿吗？"小黑道："不是借宿，求你们有什么酒菜给咱饱餐一顿，实在是感激不尽矣！"小姑娘道："那么请客官进内，待咱去问一声大娘，不知她肯答应吗。"小黑点头说好，遂牵马跨进院子，把马拴在树上，他便跟进草堂。小姑娘含笑请他坐下，就匆匆奔进房中去了。

不多一会儿，只见门帘掀起，走出一个妇人，年约十七，生得柳眉杏眼，芙蓉其颊，杨柳其腰，十分艳丽。她一眼见了小黑，便盈盈一笑，回眸向小姑娘问道："小梅，这位就是吗？"小梅频频点头，向小黑说道："这位便是我家大娘徐素英，客官快快相见吧！"小黑听了，遂站起身子，向她揖了一揖，说道："徐大娘，咱因为肚子实在饿极，所以冒昧前来求食，还请原谅是幸。"素英也向他还了一个万福，笑道："客官不要客气，不知大爷贵姓大名？是往哪儿去的？这里荒僻乡村，为何不早投宿店呢？"小黑道："咱原想投宿，无奈要紧赶路，所以便忘记了。咱姓伍名小黑，是到燕子坡去的。"小黑不便把真心话向她告诉，所以胡乱地回答了几句。

徐素英道："不知到燕子坡有什么事情吗？"小黑道："没有什么大事，乃是瞧一个朋友去的。徐大娘，对不起得很，既答应

101

给咱饱餐一顿，那么请你快快给咱拿吃的来吧！"徐素英听他这么说，觉得他倒是个爽快的英雄，遂笑道："黑爷，你真也性急的，瞧咱的小梅不是已到房中去预备酒席了吗？"小黑听她呼自己为黑爷，一时又好笑又难为情，遂连声道谢："如此真使咱感激不尽了。"

正说时，小梅匆匆从房中奔出，说道："酒席已摆，请大娘和大爷一同进房去吧！"徐素英听了，把手一摆，向小黑说了一声"请"。小黑虽然肚子饿极，但他到底还不敢冒昧，愣住了一会儿，说道："徐大娘，你的闺房里咱可有些不便进内吧？"徐素英听了这话，便很不快乐地说道："咱不把黑爷当作外人看待，所以才请你进内饮酒，你怎么说出这个话来呢，不是叫咱心灰吗？"小梅把小黑身子一推，笑道："你装什么假正经呢？"小黑被她一推，身子就步入房内，见里面通明灯火，映得金碧辉煌，家具十分地考究，而且还有一股子细细的幽香，触送到鼻子里来。

小黑从生以来，也不曾到过这样饱含春意的卧房里，今日置身其中，几疑犹在梦中，一时回眸四瞧，不禁木然起来了。只听素英温柔地叫道："黑爷，你不是肚子饿吗？但既到了房中，怎么又发呆起来了？快坐呀，酒菜都要吃热的才有滋味呢！"小黑回眸去瞧，只见素英用纤手还在拉自己的衣袖，而且脸上显出羞答答的样子。小黑见她这样妩媚的意态，心里也不免荡漾了一下，哦哦地响了两声，遂跟她在桌旁一块儿坐了下来。

小梅握了酒壶，在他们杯中倒了两满杯。小黑看桌上的菜好得了不得，真可谓山珍海味，应有尽有。瞧了这许多菜，他的肚子这就愈加吵得凶恶起来。但是主人家还不曾说请，自己总不好意思先动筷子。所以两只眼睛盯住碗中热气腾腾的佳肴，几乎连涎水儿都淌了下来。

这时素英把酒杯举起，向他提了一提，笑道："黑爷，你不要客气，请呀！"小黑巴不得她有这一句话，于是立刻握起杯子，也说了一声"请"，凑在嘴旁，就一饮而干。他正欲握了筷子去拣碗内那只猪脚爪，忽然瞥见素英还没有放下杯子，而且杯中还剩有许多的酒，方知人家喝酒并不是一饮而干的，因此他把伸到碗内的筷子又缩了回来。他心中真觉难受极了，咽了一口唾沫，照他的意思真恨不得狼吞虎咽地吃一个痛快呢！

素英在放下杯子之后，这才握了筷子，秋波还向他做了一个媚眼，在一碗虾内一点，笑道："黑爷，你请呀！这虾都是从川河里新鲜捉上的，味儿是怪鲜美的呢！"说着，夹了一只虾放到她的小嘴里去。在小黑肚子饿的时候，对于这些虾根本是不注意的，因为一只虾，能有多大？放在肚子里，怎么会饱？所以在他本意，是想吃猪脚爪、烤牛肉等菜。如今被素英这么一说，当然不好意思去夹这些菜了，遂也只得夹了一只虾来吃。他想夹两只，不料贪心是不好的。当他拿起来的时候，那只大的却又掉到碗内去了，筷子上只剩了一只小虾。因为既掉下去了，自然也不好再去重夹，所以把那只小虾就放到嘴里去。其实这一只小虾，是只好给他塞牙缝的，所以小黑这时候真的比死还难过十分，实在有些哭笑不得了。他低头瞧瞧自己的杯子，又是滴酒都不剩了，在一个女人家的面前，总要装得斯文一些，难道把酒杯伸过去讨酒吗？小黑这样想着，他蹙了眉尖，真有说不出的痛苦。

素英见他这个样子，心里很是奇怪，便忙问道："黑爷，你脸上为什么显出很不高兴的样子啊？"小黑听她这样问，又生恐被她窥破自己的心事，倒叫人家笑话，所以立刻又显出一丝勉强的苦笑，说道："没有，没有，大娘子对待咱这么的好，咱还会不高兴吗？"

徐素英道："那么你喝酒呀！来，来，咱们干杯吧！"说着，把杯子又举了起来。小黑听她这么说，意欲向她告诉自己杯中已没有酒了，却终不好意思开口，所以他把杯子直举到素英的面前去，当然是给她瞧的意思。素英这就哟了一声，叫道："黑爷杯中已没有酒哩！你瞧咱这个人可糊涂吗？小梅，小梅，你到哪儿去了？怎么不来筛酒呀？"喊了两声，却不见小梅到来。素英撩起衣袖，伸出纤纤玉手，握了酒壶，亲自给小黑筛酒，说道："小梅不在，就待咱给黑爷筛酒吧！"

小黑未免受宠若惊，连忙站起身子，谢道："有劳大娘子筛酒，那如何敢当？"素英一面给他筛酒，一面却向他抛媚眼。小黑瞧此情景，心里有些混淘淘。两人只管眉目传情，所以忘记杯中的酒已是满了，这就淋淋漓漓地筛了小黑一手，小黑哟了一声。素英绯红了两颊，也叫起来，遂放下酒壶，拿条丝帕，握了小黑的手，一面给他拭揩，一面还说道："这可好了，给黑爷手都烫痛了。"小黑被她手握着，只觉软绵绵的柔若无骨，一时倒真的忘记了肚饿，忙也笑道："不要紧，不要紧！徐大娘，咱们还是喝酒吧！这酒壶交给我，我自己筛好了。"

素英于是放了他手，两人依然坐下。小黑握了酒壶，还把素英杯中加满了，方才举起来，和她杯子碰了碰，大家一饮而干。素英笑道："黑爷，你菜随意地吃，咱们像自己人一样，你是用不着客气的。"小黑酒壶已经到手，他心里已达到了一半愿望，所以非常欢喜。此刻又听她这样说，于是胆子便大起来，脸皮也厚起来，这就老实不客气地把那只蹄子伸手抓来，放在嘴里大嚼。

素英见他这个神情，不免又抿嘴笑了。小黑被她一笑，觉得自己这举动到底有些不雅，遂红了脸说道："徐大娘，咱肚子实在饿极，不免放肆了一些，请你不要见笑。"素英忙道："黑爷，你这是哪儿话？咱觉得这就是英雄本色，所以咱是感到非常痛快！黑爷今年青春不知多少了？"

小黑见她赞美自己，不免乐而忘形，一面大嚼，一面说道："虚度一十又六，说来是很惭愧的。"素英忙道："黑爷还只有十六岁吗？那比奴家还要小一岁呢！真是奴家的弟弟了。"小黑笑道："徐大娘，你倒愿意有这么一个丑恶的弟弟吗？"素英秋波乜斜了他一眼，娇媚地一笑，说道："黑爷，你以为自己丑恶吗？但我却觉得你非常雄壮，真不愧是个少年英雄！"小黑一面给她筛酒，一面笑道："徐大娘这样赞美咱，咱觉得很不好意。"素英抿嘴一笑，说道："那有什么不好意思呢？黑爷不知已娶室吗？"问到这里，秋波脉脉含情地还逗给他一个媚眼。小黑红晕了两颊，把脸涨成紫色了，摇头道："还不曾娶妻，不知大娘子的丈夫是做什么的？为何未见在家呀！"

素英听他这样问，便深深地叹了一口气，颦蹙了翠眉，似欲盈盈泪下的神情。小黑见她这个样子，很奇怪地说道："大娘子，你怎么啦？莫非你心头有什么隐痛吗？"素英这才抬起粉脸，但已沾上了晶莹莹的泪水，叹道："奴家真是命苦，十六岁出嫁，未到一年，就死了丈夫。大伯见我年纪这样轻，许我再嫁，可是我不答应。因为我的丈夫是一个无敌英雄，假使我再嫁一个村夫俗子，那我是多么伤心呀！"说到这里，明眸脉脉地凝望着小黑，眼泪更像雨点一般地直落了下来。

小黑见她海棠着雨般的娇容，也颇感楚楚可怜，遂叹了一口气，摇了摇头说道："真是貌艳于花，命薄如纸，可怜！可怜！"说到这里，也觉得十分凄凉。一会儿，便安慰她道，"徐大娘，你也不要伤心了，好在天下英雄真多着，将来你自然还可以嫁一个英雄哩！"

素英并不作答，只管淌泪，小黑被她哭得辛酸，因此为之食不能下咽，望着她倒是愕住了一会儿。素英这才抬头问道："黑爷，你为什么不喝酒呀？"小黑道："我被你哭得难受极了，假使你再哭下去，我就一些也吃不下了。"素英听他这么说，倒又不禁破涕为笑，遂把桌上酒壶拿过，亲自又给小黑筛酒，说道："那么我就不再淌泪了，黑爷，你多喝几杯吧！"小黑笑道："这才对了，徐大娘也陪饮一杯如何？"素英一面点头，一面说道："黑爷不但是个英雄，而且我还觉得是个多情的少年，我真不知谁有福气能给你做妻子呢？"说到这里，却把那只小脚搁到小黑的膝踝上去了。

小黑这时已喝了不少的酒，人有些醉了。他听素英的话中大有爱上自己的意思，因为素英是个美人儿，所以他的心神，也有些摇荡起来。现在忽然感觉到有一件东西放到膝踝上来，遂伸手去捉，谁知竟捉着了一只金莲，盈盈不满一握。他心一跳，把眼睛瞟到素英的脸上去，谁知素英却向他甜甜地一笑。这一笑至少是带有些勾人魂魄的魔力，因此小黑握着她的金莲，却是怔怔地愕住了。素英这时把另一只小脚儿，又踢到小黑的胯下去。一面柔声说道："黑爷，你放手呀！怎么你把奴家脚握住了呢？"小黑被她这么一说，把脸儿羞得像个血喷猪头那么的通红，慌忙放下了她的小脚，却是低下头，默不作声。

这时素英便离开了座位，走到小黑的身旁，把她玉手搭住他的肩胛，低低地道："黑爷，我觉得你真是个英雄，意欲把终身相许。假使黑爷不嫌奴家是个蒲柳之姿，那么你就干了奴家这一杯酒吧！"说到这里，亲自握了酒壶，满筛了一杯，把酒杯凑到小黑的嘴旁去。小黑瞧着她那种柔情蜜意的样子，同时闻到她身上一阵一阵幽香，他的神魂完全陶醉起来，这就情不自禁地把嘴张开，将那杯酒喝了下去。素英一见，芳心大喜，遂拉起他身子，妩媚地笑道："黑爷既然接受了奴家这一杯酒，那就是答应奴家嫁给你了。黑爷，良宵一刻值千金，咱们可不要辜负了呀！"说着，已把小黑拉到床边坐下。

小黑是从来也没有遇见过这一种旖旎的艳事，所以不免心惊肉跳地把两颊涨得绯红，说道："大娘子，承蒙你如此爱咱，咱心中自然感激万分。不过立刻就要洞房，那似乎太性急一些了吧！"素英道："黑爷，你真是个傻子！今夜咱们洞了房，明儿奴家就可以跟你一块儿走了呀！你瞧呀，奴家的身子是多么白嫩呢！"素英一面说，一面已把自己的衣襟拉开，秋波乜斜着小黑，只是甜蜜蜜地娇笑。小黑醉眼模糊地瞧着她雪白的胸酥，而且还颤动着高高的乳峰，最使人魂销的是两颗紫葡萄那么大的鸡头肉。他心跳动得更厉害了，他全身的细胞都仿佛要爆炸开来了，但是忽然他想到自己这次到燕子坡的使命，不是给少爷请医生来的吗？哎哟！自己见了女色，怎么就把重大的使命忘记了呢！

小黑想到这里，好像吞了一服清凉散，头脑便完全地清醒了，猛可地站起身子，把素英推倒床上，拔脚向外就奔。谁知就在这个当儿，忽然半空里起了一阵霹雳，只听哗啦一响，天坍地裂似的。一刹那之间，哪里来精美的房屋？四周依然是可怕的荒野，只有累累荒冢中奔窜着许多小狐狸。小黑瞧此情景，心里这一吃惊，顿时毛骨悚然，不禁为之竭叫起来了。

　　未知后事如何？且待下回分解。

第九章

服仙丹死里逃生

常言道"英雄难过美人关"，从这一句话中，我们可以知道美人的魔力，实在是胜过于一切的了。不过能够在迷恋之中，猛然醒悟，这还不失是个真正的英雄。小黑被素英撩拨得神魂飘荡，心猿意马，正在不能自持的当儿，突然想到自己的责任，竟不管一切地夺门而走，小黑也真不愧是个真正的英雄。

且说小黑听到哗啦啦一阵天坍地裂的响声之后，顿时四周又呈现了恐怖的荒郊，哪里来卧房？哪里来美人？他心中这一吃惊，忍不住竭声地大叫起来。在这个当儿，忽听有人啧啧赞道："孺子可教也！孺子可教也！"说罢，还听到一阵呵呵的笑声。小黑连忙回眸四望，谁知却不见一个人影子，到此直把小黑奇怪得目瞪口呆起来，怔怔地愕住了一回。忽然他若有所悟似的，立刻俯身下拜，说道："不知哪位天神救了小的性命？敢请出来受小的一拜。"

话声未完，只见小黑面前早已站立了一个鹤发童颜的老者，银髯飘飘，仿佛南极仙翁，他向小黑笑道："小英雄，起来，起来！咱可不是什么天神地将，汝见色不乱，可敬得很，故而咱特地救你。你知此美人是谁？原来是个狐狸精，变成了人形迷惑过路客官，也不知有多少人哩！"小黑听了这话，方才恍然大悟，一时不禁吓出了一身冷汗，暗想：咱若不猛可回头，恐怕今日死于此地矣！于是叩头又拜，说道："多蒙老丈热心搭救，使小的未曾被妖精害死，此恩此德，真是重生父母，没齿不忘。敢问老丈贵姓大名？也好叫小的心中时刻记着。"

那老丈一面把他扶起，一面说道："咱乃无名隐士是也。小英雄贵姓大名？不知深夜欲往何处？"小黑道："小的姓伍名小黑，乃是赶往燕子坡去请颜小平老伯的。因为咱的少爷病得很危险，现在巴县城中范人龙那儿养病。范老伯说颜老伯乃是名医，且和范老伯是八拜之交，故连夜前来延请。不料半途咱因腹饿而遇此妖物。若非老丈相救，小的虽死无恨，然误了咱少爷的性命，岂非叫咱死不瞑目吗？"

那老丈听了，笑道："原来如此，不知你的少爷姓甚名谁，所患何症，竟有如此之危险吗？"小黑道："咱的少爷乃是大侠罗海蛟的儿子小蛟，此番和咱到四川来，原是寻找亲戚来的，不料半途被妖尼迷倒，以致骨瘦如柴，不成人形矣！"那老丈点头道："原来是罗海蛟之公子，老朽与海蛟曾有一面之缘，且算来乃是同辈弟兄。今彼子既患绝症，老朽理应救之。"说着，向小黑又道："小英雄，你知咱果为谁？实乃小平之父颜德公是也。"小黑一听这话，忙又拜伏在地，说道："小子有眼不识泰山，罪甚罪甚！今太爷慈悲相救，实吾家少爷之大幸。他日家老爷闻知，当亦感激匪浅矣！"

颜德公呵呵笑道："起来，起来，不必多礼。这里有丹丸一瓶，计共九粒，日服三粒，三日后必痊愈矣！"说罢，在怀中取出一只小小玻璃瓶，交到小黑的手里。小黑接过，叩谢不已，一面说道："如此小的不敢久留，立即回去了。"说着，遂找马匹。见那匹玉兔追风马，却依然拴在那株树上，遂走了上去，解下马缰。忽然瞥见地上遗有一物，鲜血淋淋，定神细瞧，赫然一狐狸也。小黑心惊肉跳，知此狐必为颜太爷用掌心雷所杀，方欲回头去问德公，不料早已不见他的人影了。小黑知德公乃是异人，遂当空拜了两拜，跨上马背，急急地赶回巴县来了。

小黑一路上暗自沉思，觉得生死两路，千金一刻，咱若和素英胡调，德公必不救咱，咱岂不是早晚死于妖精之手中吗？想到这里，觉女色终是祸水，不禁自言自语地笑道："想咱小黑哪里来此艳福？竟有美人移樽就教，原来她是要咱的小性命儿呢！"说罢，忍不住又哈哈大笑不止。

且说小黑回到家里，谁知听得房中一阵哭声传出来。小黑心中这一急，几乎把心也跳出口腔外来了，三脚两步奔到房中。人龙一见，忙道："颜老伯呢？快请他想法子，罗贤弟已咽气了呢！"小黑一听这话，哎哟了一声，顿足哭道："少爷已死了吗？小的竟误事了。"这时小燕面转向小黑说道："你且不要哭啊，颜老伯到底可曾请来没有啦？"小黑这才收束泪珠，把玻璃瓶取出，说道："颜老伯没有请来，却遇见颜老伯的父亲颜太爷。他说这瓶中九粒丹丸，日服三粒，三日后便可痊愈。但少爷已经咽气，可不是迟了一步吗？"说罢，因为自己误事，以致失了少爷性命，所以不禁捶胸大哭。

小鹃这时站在床边，把小蛟眼睛微微一开，手儿摸他胸部，尚有微温，遂忙说道："小黑，你快别哭，少爷尚有气哩！燕姊，你快把开水拿来，把丹丸给蛟哥先吞服三粒，再作道理吧！"小燕听小鹃这样说，颇觉有道理，遂把瓶盖揭开，取出三粒银色丹丸，塞到小蛟的嘴里去。但小蛟的牙关已紧，再也不能自喝开水。小燕心慌意乱，急得没有了主意。小鹃情急智生，一时再也管不得许多，她喝了两口开水，把自己的小嘴，对准小蛟嘴儿灌了下去。只听咕嘟一声，那三粒丹丸就吞到他的肚子里去了，接着又听得小蛟肚子里一阵雷鸣似的响声，他竟吐出一大堆的黄水来。

众人瞧此情景，也不知是好是歹？所以各怀了心事，望着小蛟的脸儿，暗暗忧煎。这时已近三更，小燕手放他鼻下，觉有微微气息，知道哥哥病有转机，遂向人龙、晓月道："干爹干娘尽可自管回房去安睡了，哥哥吞了此丹丸之后，人已好了许多，想来生命定没有危险的了。"人龙夫妇听了，也颇感倦怠，遂自回房安歇。

小燕向小黑问道："你怎么去了这许多时候才回来呢？"小黑不敢隐瞒，叹了一声，说了一句"小的该死"，先哭起来了。小燕奇怪道："难道出了什么意外的乱子了吗？你别哭呀！"小黑这才止住了哭泣，把自己经过向小燕告诉了一遍。小燕听了，方才明白，说道："你虽一时糊涂，但到底还不算全糊涂哩！你也不要难受了，时候不早了，还是早些去休息了，明天说不定有什么事情，也好你去干哩！"小黑听了，点头答应。他走到床边，向小蛟望了一望说道："少爷吞服丹丸之后，大概不要紧的吧！"小燕道："大概不要紧，你自管放心去睡吧！"小黑听了，只好退出房来。

这里只剩了小燕和小鹃两个人，大家谈了一会儿，又向小蛟身上摸了一摸，觉得冰样凉的。小燕皱翠眉，微咬着嘴唇，秋波脉脉地向小鹃望了一眼说道："身子这样凉，那可怎么办好呢？"

112

小鹃叹了一口气，也是没有作答，良久，方说道："这丹丸不知果然灵验吗？"小燕道："既是颜太爷这么说，当然有相当的把握，只不过哥哥的元气是伤得太厉害了。"

小燕说到这里，和小鹃互望了一眼。在两人心中，不知有了一个什么感觉之后，大家的粉颊儿上不免笼上了一层玫瑰的色彩，似乎有些赧然的，各自低下头来，默默地静了好一会儿。忽然听得小蛟嗳了一声，两人急回头去瞧，见小蛟兀是闭眼睡着。小燕俯下身子，低低地叫了一声"哥哥"。小蛟睁开眼睛，望了床边两人一眼，点了点头，把眼皮儿又垂了下来。

小燕见此情景，芳心暗暗欢喜，向小鹃悄声儿说道："鹃妹，你瞧哥哥不是已经有知觉了吗？这丹丸真有效力的。"小鹃也低低笑道："可不是？那真叫人谢天谢地的了。"小燕道："哥哥这病既已挨过了危险时期，咱们也不用两个人陪伴了。因为今晚大家辛苦了，明晚大家就会都没有精神。所以我们还是轮换着陪伴，免得大家都累病了。"小鹃听她这意思也很有道理，遂点了点头，意欲说今晚给自己陪伴吧，但是又觉得不好意思说出口，所以她依然怔怔地呆坐着。

小燕是个聪敏的姑娘，再说她对哥哥在大塔寺中救了小鹃清白的一回事，也完全亲眼目睹的，所以明白小鹃对于哥哥一定是非常有情，就是哥哥对于小鹃，也非常相爱。今见小鹃恋恋不舍的样子，哪还有个不明白的道理吗？遂微微地笑道："鹃妹，我不和你客气了，假使今晚你精神还好的话，那么就请你陪伴着哥哥吧！我要回房去休息了，明天晚上你休息，我来陪伴好不好？"

小鹃听小燕这样说，也明明知道她是成全自己的意思，遂点了点头说道："我倒没有疲倦，姐姐假使倦怠的话，那么你就去睡吧！反正蛟哥要茶要水，我都会小心料理的。"她说到这里，不知怎的，粉脸儿又微微地红晕起来了。小燕秋波逗了她一瞥神秘的媚眼，嫣然地一笑，遂站起身自回房中去了。

这儿小鹃把房门合上，伸手按在小嘴儿上，先打了一个呵欠，暗自想道：怎么也会想睡了呢？忍不住笑了一笑，又坐到床沿边来，秋波望着小蛟瘦削的两颊，呆呆地出了一会儿神。忽然颦蹙了眉尖，又轻轻地叹了一口气，想到在大塔寺中相遇的时候，表哥是多么俊美，脸儿是多么丰腴，白白胖胖的，真所谓是潘安再世了。谁知被这妖尼迷惑了几天，竟会瘦削得这个模样儿，那可不是奇怪吗？想到这里，不免又恨又羞，暗自骂声"可恶的害人精"。她的全身不免又会感到热辣辣起来了。

过了好一会儿，小蛟又微微地睁开眼睛，向小鹃望了一眼。小鹃道："蛟哥，你要喝些开水吗？"小蛟这时似乎清楚了许多，摇了摇头说道："妹妹到什么地方去了？"小鹃道："燕姊很累乏，她先去睡了。"小蛟明眸望着小鹃呆了一会儿，说道："时候不早了，鹃妹不累吗？咱此刻已好许多了，你也可以去休息一会儿了。"小鹃见他说话已很清楚，心里万分欢喜，秋波一转，便微微地笑起来说道："我不累，你想吃些什么东西吗？"小蛟道："我也不想吃什么，鹃妹，你为我这样劳苦着，叫我心中怎么能够对得住你呢？"小鹃道："你别这么说，只要你病好起来，咱辛苦一些要什么紧。你此刻已好得多了吧？我心中真快乐呢！"小鹃说着，娇媚地向他逗了一个甜笑。

小蛟听她这么说，心里感动得了不得，忍不住在眼角旁涌出一颗晶莹莹的泪水来了。小鹃见了，知道他是感激的意思，遂拿绢帕儿亲自给他拭去了泪水，柔情蜜意地说道："蛟哥，你才好一些，怎么又伤心起来了呢？你现在这病是不要紧了，你应该欢喜才是呀！我告诉你吧，有一位颜小平的爸爸，名叫颜德公。他是个异人，小黑向他讨了一瓶丹丸，你已服了三粒，明后天再各服三粒，你就会完全复原了。"小蛟见她如此多情，这就伸手把她纤手儿握住了，说道："鹃妹，我被妖尼竟会迷到这个地步，说起来我真感到惭愧极了！"

小鹃听了这话，忍不住嫣然一笑，但立刻又绷住了脸儿，显出很正经的样子，说道："那也不能怪你的，一个人既入此境，任你意志怎么坚强，恐怕也是难以自主的了。"说到这里，大有不胜娇羞之意。小蛟听她这么说，可见她芳心之中，并不怨恨自己，而且还对自己表示同情，显然她是真心地爱上了自己，一时望着她粉脸儿，却只管呆呆地出神。

小鹃被他瞧得不好意思，两颊这就愈加娇红起来，把他的手儿慢慢地放进被内，低声地说道："你手凉得厉害，咱想喝些热开水，也许会暖过来的吧！"小蛟也觉得全身冰冷，遂点了点头。小鹃说时倒了一杯热开水，亲自服侍他喝了半杯。小蛟似乎很吃力，把头又倒向枕上去了。小鹃遂把杯子放在桌上拿帕儿给他又抿了一下嘴唇，低低问道："蛟哥，你喝了开水后，觉得身子好过一些了吗？"不料小蛟应了一声，却并不作答。

小鹃心中好生奇怪，俯下身子，又悄声儿问道："蛟哥，你还要喝些吗？"小蛟这回连应的声音都没有了，他紧闭了两眼，似乎熟睡过去了的样子。小鹃心里这就急了起来，伸手把小蛟额角一摸，也是十分冰凉，再把手儿放到鼻下，气息微微，好像奄奄的模样。她在这时芳心的焦急，似乎要哭了起来，暗想：刚才还好好地和我说着话，难道喝了一些开水，就喝坏了吗？假使就

115

这么过去了，那不是我把他活活地害死了吗？想到这里，心痛若割，两行热泪早已滚滚地掉了下来。

于是她又低低地唤了一声"蛟哥"，可是小蛟仍然不作声。小鹃伸手到被内去摸他胸口，尚有温意，而且那一颗心儿，也仍旧在微微跳动，心里又想：一时里大概不会就这样去了。小鹃因为是非常痴心，所以竟管不得羞涩地把身子也睡到被窝里，紧紧地抱住了小蛟的身子，依偎了一会儿。

约莫半个时辰，小鹃见室中灯火也暗淡下来，伸手到他鼻下，连气息都没有了。小鹃以为小蛟已死，不觉哭叫道："蛟哥，你……你……真的……""死了"两字还没说出，忽然灯火复明，小蛟哎哟了一声，便微微地睁开眼来，说道："真是痛死我了……"小鹃见此，真是又喜又惊，忙问道："蛟哥，你怎么啦？"小蛟定睛一瞧，见小鹃的娇躯竟偎在自己的怀里，不免又惊又喜，说道："没有什么，我做了一个恶梦，梦见一个大汉握拳把我痛打，我被他打得浑身是汗。不料他还把我身子丢向火炉子上去，我一急，就大喊起来，谁知此刻果然出了一身汗哩！"

小鹃听他这样说，一颗芳心这才安慰了许多，同时感觉到他的身子，果然微微地暖和过来，这就含羞说道："蛟哥，你真把咱吓坏了。我给你喝了开水之后，不料你就昏沉的模样。我喊你你也不应，而且摸你身子更像冰块一样。我想，莫不是给你开水喝坏了吗？所以心中一急，也就不管一切地来暖你了。"说到这里，秋波逗了他一瞥娇羞的目光，不禁赧赧然起来了。

小蛟这才明白，一时心中在万分感动之余，更把她爱入骨髓，搂了她软软的玉体，说道："鹃妹，你这一份儿恩情对待我，这叫小蛟真不知如何感激你才好呢！"小鹃听他这样说，不知怎么的，反而感到伤心起来，眼皮儿一红，泪水也夺眶而出，说道："哥哥你不用说这些感激的话，咱上次若没有蛟哥相救，恐怕此身早已不在人世。此恩此德，咱时刻记在心上。这次蛟哥前来四川，又是为了找寻咱们兄妹两人。所以蛟哥此番为妖尼所害，推其原因，又是咱们的罪恶。你想，咱是多么抱恨啊！现在咱之所以如此，也无非欲报之恩罢了。虽然妹子的行为，未免失却了姑娘的身份。然而妹子一心只要蛟哥病愈，妹子情愿牺牲一切，终身为佛门弟子，也心满意足的了。"

小蛟听了这话，失惊地道："妹妹何出此言？难道你疑心咱有不爱妹妹之意吗？好妹妹待我之情，天无其高，海无其深，咱也不足言谢。今番病若能愈，咱此生除了妹妹之外，决不另娶他人……"

小鹃听他向自己赤裸裸地说出这些话来，一颗芳心这才感到无限的安慰，但又感到万分的羞涩，红晕了两颊，低低地说道："蛟哥果有此意，使妹感激涕零了，但愿哥哥言而有信，不使妹子失望才好。"小蛟笑道："鹃妹乃绝世佳人也，我得妹为终身伴侣，此生愿望足已，岂敢有负妹妹吗？你请放心，咱绝不是无情之人。"小鹃听他这样说，也嫣然笑道："咱也早知蛟哥乃一多情人耳！"小蛟道："然而妹妹比咱更为多情，此番病愈，乃妹妹之力也。"

小鹃含笑不答，伸手摸他身子，已渐转和，一时大喜，遂说道："哥哥体已渐温，妹自当起床矣！蛟哥请放手吧！"小蛟搂此美人，怎肯舍却，遂微笑道："妹身既已入我之怀抱，又何必急欲离之耶？"小鹃把手指划他脸颊，瞅了他一眼，说道："哥真无赖人哩！"说着，也忍不住抿嘴笑了。小蛟道："咱们既已心心相印，且亦订了嫁娶盟约，那么咱们就是夫妇了。妹妹何必怕羞，就给咱多抱一会儿吧，也许咱病可以早日痊愈呢！"小鹃听了，啐他一口，笑道："我可不是医生，岂能医好你的病吗？"

小蛟见她妩媚已极，一时忘却病中痛苦，遂凑过嘴去，在她粉颊上连连吻了两下，直觉一阵浓郁的处女幽香，芬芳扑鼻，令人心神欲醉。小鹃不忍拒绝，遂也只好给他默默地温存了一会儿。良久，小鹃低声道："蛟哥，你病才好一些，可不要太兴奋了吧！因为你这样爱色，那就无怪被妖尼要迷得这个模样儿了。"小蛟听她这样说，不禁微微地叹了一口气，说道："鹃妹，你这话说得咱好心痛啊！不过你应该明白那妖尼的手段，是多么毒辣呢！"说着，遂把妖尼先用迷魂帕将他晕倒，并着迷的经过向她诉说了一遍。

小鹃听了他告诉之后，一颗芳心，真是又恨又羞，说道："淫妇如此不要脸皮，何必再出家做尼姑，还不如到妓院里做妓女去比较痛快吗？"小蛟叹道："大概这妖尼有迷人的功夫，所以经过一次之后，咱的知觉就糊涂起来。"小鹃笑道："可是你也乐糊涂了，真所谓乐极生悲，几乎伤了你一条小命儿呢！"

小蛟听她这话中多少带有些讽刺的意味，这就伸手到她胁下去胳肢，笑道："妹妹，你也太狠心了，你不同情我的遭遇，还要向我说这些俏皮话吗？"小鹃怕痒，急得弯了腰肢，连连地告饶。小蛟笑道："不，你应该要受罚，我才肯罢休的。"小鹃笑道："你要怎么样罚我呢？"小蛟道："别的我也舍不得罚你，只罚你给我亲一个嘴，也就是了。"小鹃秋波白了他一眼，呸了一声，不依道："我不要，你这人就和你好不得的，假使你要亲嘴，不是再可以找那个妖尼去的吗？"说到这里，不禁哧哧地笑起来了。

小蛟听她说得好刁滑的，遂红了两颊，说道："妹妹，你再要说这些话，叫我听了心中好难受的。"小鹃停止了笑，说道："那么咱问你还要涎脸儿吗？明天咱把你告诉被迷的经过去向别人告诉了，瞧你羞不羞呢？"小蛟笑道："只要你有脸儿向人家告诉这些话，我总也不会再害羞的了。"小鹃被他这么一说，方知自己也失言了，不禁啐了他一口，把粉脸儿涨得像玫瑰花朵一样的娇红了。小蛟笑道："可不是？我问你，你怎么样向人家告诉呢？"

小鹃含笑不答，一会儿，又欲站起身子说道："我该起床了，你肚子饿了没有？范伯母想得真周到，她已给你预先备好了点心呢！"小蛟道："我倒没有饿，只不过你起床了，我的病恐怕又要发作了。"小鹃白了他一眼，笑道："你真不怕难为情的吗？"小蛟道："在妹妹那儿还怕什么难为情？你真要起床，那么给我一些甜的。"小鹃道："你是不是嘴里味淡，想吃一块糖？可是现在又到哪里去找糖呢？"小蛟道："虽然没有糖，不过也有东西可以代替的。"小鹃不知其意，停住了乌圆的眸珠，怔怔地问道："什么东西可以作代替呢？"小蛟见她不解的神气，一时望着她不免憨然地傻笑。

小鹃被他这一阵子傻笑，这就理会过来了，把手指在他额角上戳了一下，也不禁为之嫣然了。小蛟道："你现总明白了，不知妹妹肯答应我吗？"小鹃听他痴得可怜，这就把拒绝的勇气全都消失了，遂凑近粉脸儿，秋波凝望着他瘦削的脸颊，也妩媚地娇笑。小蛟见她这个神情，明明是答应他的表示，望着她殷红的小嘴儿，心里倒是荡漾了一下，意欲低下头去，和她接一个甜吻。但他忽然有了一个感觉之后，却把这个勇气消失了，不过他嘴里仍是笑道："妹妹，你不肯答应我吗？"小鹃嗔道："你真是无赖，叫我怎么样表示才算答应了你呀？"小蛟听了这话，甜蜜得心花儿也朵朵地开起来了，把小鹃的身子，更搂抱得紧一些儿，说道："妹妹，你既答应了，咱却又舍不得吻你了，因为咱是个有病的人，嘴里不免有秽气，不是容易传染给你吗？"

小鹃听他这么说，方知小蛟确实不是个贪色的人，他对自己，无非是小儿女一种恩爱之表示罢了，遂笑道："你也不是患什么时疫，哪里就会传染人了吗？"既说了出来，却又感到无限的羞涩，暗想：我这话不对，那不是叫他只管吻我好了的意思吗？果然小蛟笑道："妹妹既然说我不会传染你的，那么我就吻你了。"小鹃恨恨地逗给他一个娇嗔，却也笑起来了。

两人柔情蜜意地又说了一会儿话，小蛟道："时已四更多了，妹妹想也够劳苦的了。正经的，你还是好好地睡一会儿吧！"小鹃道："这样子睡熟了，回头给旁人瞧见了，那究竟太不好意思一些了。蛟哥，你放手吧，还是给我睡到脚后一头去好不好？"小蛟听她这样说，遂也放她起来。这时小鹃真已颇感疲倦，遂在床后一头横倒，不到一会儿后，她已是沉沉地酣睡去了。

次日早晨，小燕先急急地到房中来见小蛟。那小蛟已醒在床上，小鹃却还没有睡醒。他一见了妹子，便含笑叫道："妹妹，你好早呀！"小燕听哥哥神智已恢复清楚，芳心里这一欢喜，她颊上的笑窝儿不免深深地掀起来了。遂走近床边，伸手在他额角摸了摸，含笑说道："哥哥，你全好了，那仙丹真灵验极了。鹃妹怎么一夜没睡吗？"说着，回眸又向小蛟望了一眼。小蛟道："昨夜多亏鹃妹衣不解带地服侍我，可怜她真也累极了。"小燕那时心中好像落下了一块大石，不禁抿嘴笑道："鹃妹如此情分对待哥哥，哥哥心里自己明白是了。"小蛟听说，也不禁笑起来了。

小鹃虽然闭眼睡着，但她原很机警的，被他们一阵谈话醒了过来，伸手揉擦了一下眼皮，微睁星眸。见小燕站在床边，望着自己神秘地发笑，因为是心虚的缘故，所以她的两颊，就一圈一圈地红晕起来，连忙从床上坐起，向小燕说道："燕姊，蛟哥的病已大有转机了呢！昨儿晚上咱真害怕死了，后来方知蛟哥是在做梦哩！"小燕道："真也够你辛苦了，鹃妹，你还可以再躺一会儿呢！"小鹃道："我也睡畅了，那么此刻不是又可以给蛟哥吞服仙丹了吗？"小燕点头道："可不是？我这人也糊涂，诚诚心心前来干这件事的，不料既到这里，却又忘怀了。"一面说，一面便服侍小蛟吞服仙丹。这时人龙夫妇和小黑也都进来探望，知小蛟已好了许多，大家这才放下心来。

如此过了半月，小蛟病体渐渐复原，脸儿也恢复到从前一样的丰腴了。小鹃想起爸爸被捉，哥哥此去不知可有什么办法，心里自然万分记挂。现在见小蛟业已痊愈，便欲告别先走。小蛟道："妹妹一个人回去，叫咱们怎能放心得下？所以请你再静候几日，待咱可以行路，咱们一块儿走吧！"小燕也道："咱想姑爹又不是为非作歹的人，这次被捉，一定是发生了误会。所以不久，自然也会释放，那你尽可以放心的。"

小鹃道："能够如此，当然是我最期望的了。不过是否能够如此，还是一个问题。所以我主意已决，准定今日动身回家。"小蛟小燕因为人家父女天性，当然不能过分强留，遂叫小黑一路陪伴前去。小鹃于是向人龙夫妇辞行，和小蛟小燕又叮咛了一回，方才和小黑一路向云南而去。

这里小蛟又养息了半月，身子早已复原，强健如前。那天和妹妹说道："咱们既到四川，理应到舅父家里去探望一次，不知妹妹也有此意吗？"小燕因为和天仇隔别多月，芳心中也颇为记惦，听了哥哥的话，正中下怀，遂一口答应。到了次日，便向人龙夫妇拜别，再三称谢。人龙夫妇强留不住，也只好匆匆而别。

且说小蛟兄妹两人一路到了长寿县月儿溪，找到了柳家村，还没到村前，就遇见柳若飞和秦天仇。彼此见面之下，俱是大喜。不料若飞这时忽又问道："你们可知道犹龙表弟和小鹃表妹全被孙灵精杀死了吗？"两人听了这话，不禁目瞪口呆，半晌回答不出一句话来。

未知此话从何而来？且待下回再行分解。

第十章

结仇恨谎报凶信

在这里作书的要说到第二章那个黑夜百里赵药枫那个人了，他在凤凰坡被犹龙兄妹相救之后，那也在灯光之下瞧到小鹃的美艳，一时不免又起了淫心。他在兄妹两人熟睡的时候，先偷盗了犹龙枕畔那块血红的如意石，然后才到小鹃床上去行偷香窃玉的事情。不料被小鹃惊觉，于是大喊而起，结果把这贪色之徒斫去了一条右臂。赵药枫疼痛若割，咬紧牙齿，遂落荒而逃，向前急急奔了一阵，只见有间破屋，里面尚有灯光射出，于是他便擂鼓似的敲了一阵子门。

诸位，你道屋子里面正在做什么？原来这是猎户赵大的家里。赵大生得浓眉环眼，十分丑陋，可是他却有个非常娇艳的妻子。两口子感情尚称融洽，然而赵大好赌成性，往往终夜不归。他的妻子巧香偏是个爱风流的女子，她见丈夫夜夜不归，颇感春花秋月，等闲虚度，所以不免结识了一个男子。此人姓王名贵，原是一个穷秀才，在村中当一个私塾教师，家中也有妻室，虽非倾国之姿，却也娟秀宜人。所以王贵平日颇爱娇妻，不愿与人偷偷摸摸。但巧香一见王贵之后，仿佛失魂落魄，假意把她六岁的儿子领到王贵私塾里去读书，一面向他百般诱惑。王贵虽无此意，后来为了接受她五十两银子的帮助，竟做了入幕之宾。从此以后，两人便结了不解之缘。

这夜巧香知道丈夫又去赌钱，想是不会回来的了，遂命儿子去请王贵到来。那时王贵和妻子已经入睡，听巧香喊他，因为在她势力之下，所以不得不起身前来。他的妻子梨芬也知道这件事，一颗芳心中真有说不出的怨恨，遂对他说道："咱们情愿饿死，也不愿为了金钱，把你一个堂堂七尺之躯，给人家做玩物去了。"王贵听了妻子的话，虽然羞惭万分，却没有拒绝的勇气，终于跟着巧香儿子阿保匆匆地来了。

当时巧香见了王贵，如获至宝。她先把阿保领到别的房中去睡了，然后和王贵饮酒作乐，同登牙床，前去试云雨之情。不料恰到好处的当儿，忽听外面敲门甚急。巧香以为丈夫输钱回家，这就急出一身冷汗，不免花容失色，哎哟叫道："这冤家难道回来了吗？那可怎么好？"

王贵原是个文弱书生，听了这话，又想起赵大是个凶狠的大汉，他吓得半条性命已不在身上了，几乎哭了起来，一面把衣服穿上，一面便欲爬到床底下去躲避。巧香到底是个有心计的女子，她见王贵吓得这个模样，不免抿嘴笑起来说道："你躲在床底下那是不中用的，还是咱开了后门放你逃走吧！"王贵一听这话，真是谢天谢地，遂跟着巧香到后门，匆匆地开门就逃。巧香却还把他抱住了，和他亲了一个嘴，说道："奴家的好心肝，你不用害怕。今夜没有干完的工作，过了两天奴家再叫阿保来请你干下去吧！"王贵也没有回答她什么，只连连应了两声，早已推开她的身子，头也不回地去了。

巧香掩上后门，竭力镇静了态度，走到前面屋子，手拿油灯，假意儿还问道："谁啦？谁啦？敲得这样急干什么？"谁知问着，却没有回答。巧香以为丈夫输了钱，又敲得辰光久了，所以心中生气了，遂又笑道："你自己输了钱，便深更半夜地回家了。人家睡得好好的，便被你吵醒了，不生你的气，你倒还生我的气吗？"随了这两句话，门儿便拉开来。不料门外却连一个人影子都没有，巧香倒是吃了一惊，仔细一想，方才理会过来，准是和咱开玩笑了。遂把油灯向四处照了照，口里还叫着赵大道："快别躲了，开什么断命玩笑呢！"

不料好一会儿，依然没有答应，也不见赵大出来。只听夜风吹着树叶儿，奏出了瑟瑟的声响。巧香到此，不免毛骨悚然，暗想：莫非是遇见鬼了吗？心中有了这个感觉之后，她的全身不免抖了两抖。正欲回身进内，忽然从油灯光芒下瞧到地上躺着一个黑蠢蠢的东西。她急把油灯放下仔细一瞧，不料却是一个人呢！巧香心中又惊又奇，遂俯身凝眸细瞧，只见那人面目清秀，是个武士装束，但左臂上鲜血淋漓，十分恐怖。巧香方知那人被斫去一条左臂前来敲门求救的，想道：奴家还以为是丈夫回来了，早知如此，管他娘的，惊断了咱的好事，真是可恶。

想到这里，向他恨恨地啐了一口，意欲关门进去。但她脑海里不知有了什么感觉之后，她又欢喜起来，立刻放下油灯，把他扶进房内，给他躺在一张榻上，然后又去关上屋门，拿了油灯进房，取出棉花，用开水给他清洗伤处，涂上丈夫平日被豺狼咬伤的伤药，用布包扎舒齐。因为他还没有醒转，遂喝了一口茶对准他嘴儿灌了下去。

不多一会儿，药枫方才悠悠醒转，一见自己躺在榻上，旁边尚有一个美艳妇人向自己微笑。再瞧左臂，已经包扎好了，而且疼痛亦已稍减，一时不免细忖了一会儿，方才理会过来。这就翻身跳下榻来，向她倒地就拜，说道："多蒙大娘相救之恩，真使小子感激不尽了。"巧香慌忙站起，抿嘴笑道："壮士不要客气，快快起来，如此重礼，岂不是要折杀奴家了吗？"药枫于是站起身子，忙又问道："大娘贵姓？芳名什么？也好叫咱心中记得，将来报答与你。"巧香笑道："奴家姓秋名巧香，不知壮士尊姓大名，此臂如何被人斫断，能告诉给奴家听听吗？"药枫听了，红了两颊，很羞惭地叹了一口气，也只好撒个谎儿道："大娘，不要提起了，咱名叫赵药枫，原是凤凰坡的寨主，不料在路上遇到一个三年前的仇人，他学了一身惊人的本领，向咱报仇，竟被斫去一臂，想来真是可恨得很！"

巧香一听他是凤凰坡的寨主，暗想：此人一定本领高强。遂点了点头，秋波瞟他一眼，说道："原来赵爷还是一条好汉，令人敬仰。不过此番受亏，将来自然也可以向那人报复的，所以赵爷不用气馁。"赵药枫见她美目流盼，眉宇间含有风流之态，一时心又为之怦然欲动，遂向她探问道："大娘此话说得正是，这儿难道就只有大娘一个人居住吗？"巧香道："不，还有奴家丈夫和儿子一同居住的。"

药枫听了这话，心中不免泼了一盆冷水，遂说道："哦！不知你夫君干什么的？为何不在家中？儿子有多大年纪了？"巧香道："丈夫也姓赵，人称他为赵大，说起来和赵爷同姓。他是打猎为业的，性好赌，故每夜不归。儿子阿保，今年还只六岁。"药枫听了这话，心又活动起来，含笑点头向她说道："大娘子每夜一个人独宿闺房，那么不是很冷清吗？"巧香眉尖微蹙，微微地叹了一口气，秋波向他一瞟，说道："可不是？所以奴家心中真是怨恨哩！千怨万怨，总怨我自己不好。"

巧香说到这里，媚眼横飞，把个淫贼药枫，听得骨酥神麻，便紧跟着问道："大娘子，你这话很是奇怪了，为什么不怨恨你的丈夫，却怨起你自己来了？"巧香羞涩地说道："说来话长，现在姓赵的名虽是我的丈夫，却不是我的原配亲夫，如其你不厌啰唆，我们备些酒菜，浅斟浅酌，告诉你一个详尽。"药枫一听了巧香的话，也觉得奔逃了一阵，饥肠辘辘，既然她有的是现成酒菜，何不乐他一乐？于是说了一声："有劳大娘子，可要叨扰你了。"巧香说道："只要赵爷不厌粗糙，便随奴家进房来吧。"

于是巧香领路，把药枫接到卧房。药枫一看情景，虽然是在穷乡僻境，山野平民，可是布置得井井有条。巧香进房之后，便端出几味菜肴，全是兽肉，所以香味异常，引得药枫垂涎欲滴，一壶陈酒，味儿十分醇厚，一连几碗，吃得药枫道好。等到酒尽肴残，才向靠在他身旁盈盈浅笑的巧香问道："那你告诉我你的怨恨吧！"

巧香一手搭着他的肩胛，软柔柔的娇躯，便像弱不经风地坐到药枫的怀里去，然后轻声轻语地说道："我的前夫本是一个强壮的青年，在十八岁和奴家结了婚之后，不到一年，却成一个痨病鬼，终日躺在床上，服药医治。岂知医了三月，竟然药石无效。那时我是一个初结婚的少妇，实在过不惯这种寂寞的生活，便和一个长工有了私情，但是碍于亲长，而且丈夫未死，不能登堂入室。可是那个长工十分猴急，得了一个机会，私是和我在桑间濮上干上了手。那真是祸不单行福无双至，那个长工一时贪欢，竟然脱阳身死。奴家一见闯了这个大祸，便离开夫家，逃奔他乡。"

药枫听到这里，心头便起了一种感觉：这样说来，可见这个女人的好色，真是千古少有。今日她大胆地邀我进房，不以我砍了一臂，尚要我陪伴她睡，虽然不是明说，以她这样的丑史告诉一个素不相识的男子，就可想见她的用心了。我何不挑逗她一番，看她怎样？于是把她手儿握了一会儿，抚摩着笑道："这是大娘子的美貌动人，又加上大娘子的媚态，怎不会乐死人呢！这不能怨你自己，只怨他们没有艳福罢了。"巧香听了，不觉唉地叹了一口长气道："今日跟了这样的当家，又给我……"说到这里，她便怕羞得说不下去。

药枫看她这样，知道她有些意思了，遂又说道："大娘救了咱的性命，真不知叫咱如何报答你才好？"巧香嫣然笑道："报答的事儿真多哩！难道你就没有方法报答了吗？"药枫笑道："将来咱终可以向你好好报答一下的。"巧香低低地道："难道现在就不可以了吗？"药枫听了这话，心荡漾了一下，笑道："那么你丈夫不知今夜可回来的吗？"巧香噘着嘴儿，哼了一声，冷笑道："他还会回来吗？早已死在外面的了。"药枫见此情景，哪有不明白的道理，遂走到巧香的身旁，拉了她的手儿，笑道："大娘，我很想有报答你的意思，不知你心中可嫌咱丑陋吗？"巧香红晕满颊，秋波如水，向他嫣然一笑，两人便走到床边去了。

药枫去解她衣带，巧香笑道："你只一条臂儿，还是咱自己来脱吧！"说着，把衣服裙儿都已脱去。药枫见她身上只有一方红绸的肚兜，系在乳胸之间，下身一条短裤，露着两条粉嫩玉腿，真是肉感动人。尤其两只小脚儿，娇巧可爱，握在手里，更能引起心中的欲火。一个是像干柴，一个是像烈火，今晚碰上，便熊熊地燃烧了起来。

一会儿云收雨散，巧香因为药枫有此本领，而且又是凤凰坡的寨主，一时倒想真的爱上了他，遂和他说道："赵爷，你在寨中不知已有押寨夫人了吗？"药枫道："还没有哩！"巧香听了大喜，遂忙又说道："不知奴家可有福气配做你的押寨夫人吗？假使赵爷不嫌奴家丑恶，情愿终身相随，服侍赵爷，就是死也乐意哩！"

药枫暗想：我有这么一个淫妇相伴，虽是人生第一乐事，但我说的凤凰坡寨主，原是吹的牛皮，不料她竟当真的了。一时也只好笑道："大娘子，你太客气了，咱有你夜夜相伴的话，咱就是死了也情愿哩！"巧香笑道："既然如此，事不宜迟，咱们此刻就一块儿走吧！"药枫笑道："那你也未免太以性急了，待咱明儿回寨，把你住的卧房好好收拾清洁，然后接你回去，岂不是好？"

巧香道："也好，只不过你千万不能口是心非，假使你忘记了我，那你便怎么样？"药枫笑道："我若忘记了你，必不好死。"巧香听了，忙又扪住他嘴，怨他道："只要你真心爱咱，又何必说死说活呢？"药枫笑道："咱得大娘为妻，心满意足，即使不做寨主也甘心哩！"

在药枫所以说这一句话，他是含有相当的作用。因为他并不是凤凰坡寨主，现在先说了这句话，明儿他预备在别处租间屋子，把她接了去一块儿居住，到那时他便可以说他有了大娘，真的连寨主都不情愿做了。巧香自然不知他其中的意思，一时以为他表示爱自己的深厚，这就乐得心花儿又朵朵地开起来。

次日醒来，药枫生恐她丈夫回家撞见，又生麻烦，遂欲匆匆别去。巧香一直送到门口，恋恋不舍地叮嘱他即速前来接她，免得日长夜久牵挂心肠。药枫连声答应，遂急急地走了。他一路上暗暗沉思：天下多美貌妇人，玩过算了，哪里有地方真的给她去安身呢！想到这里，遂把这头心事丢了。

他倒又想起这个可恶的白犹龙来，他竟下此毒手，把自己手臂斫去，这叫自己还有什么脸儿再去见天下英雄呢？于是他恨声不绝地自言自语道："咱若不报此仇，誓不为人。"说时，又觉得这话不对，咱现在还到什么地方去向他报仇呢？这就沉吟了半晌。忽然他把额角一拍，连喊"有了有了"，这王八蛋和柳文卿女儿不是已订了婚约吗？昨晚我在窗下听他们兄妹说得清清楚楚的，而且他的信物已被咱盗在身边哩！现在咱何不如此如此，叫他们夫妇没有团圆的日子，不是也可以出了我胸中一口郁气了吗？药枫想定主意，便急急地赶往月儿溪柳家村里去。

这日到了柳家村，问明了柳文卿的住址，敲门进内，只见有个黑脸少年前来开门，见了药枫，便忙问道："你是找哪家的？"药枫道："这儿可是大侠柳文卿府上吗？咱是送信来的。"那黑脸少年就是陆洪的儿子陆豹，听他这样说，又见他只有一条手臂，遂说道："不错，大侠柳文卿就是咱的师父，不知好汉尊姓大名，是给谁送信来的。"药枫不便将真姓名告诉，遂说道："咱姓马名千忠，特地为白犹龙兄妹俩来报信的。"陆豹听白犹龙兄妹，遂请他入内。

只见里面一个院子，四周植着树木，绿叶成荫，很是幽静。却见树丛旁有两个少年和两个少女，大家舞剑游玩。那时两个少年把剑舞得一片白光，滚滚的似雪花飞舞，不见人影。药枫暗自想到：柳家原来有这许多人才哩！自己倒要小心才是。听那黑脸少年早已叫道："师兄，你们别舞剑了，犹龙大哥有信叫人带来呢！"

130

那两个少女，一个是柳小萍，一个是陆青鸾，见有生客到来，遂携手躲避到房中去。这时柳若飞和秦天仇把剑光收住，忙迎上前来，把药枫接入厅中，彼此介绍一过，分宾主坐下。仆人献茶毕，若飞方才问道："犹龙乃是咱的表哥，这次和他妹子一同回家，已有十余天了，不知他叫马兄有什么书信带来吗？"药枫听了，暗想：凡事都要装得逼真，那么人家才会相信。所以他才长叹一声，也不知哪儿来的一股子伤心，竟有本领落下几点眼泪来，说道："诸位听了，且不要伤心，犹龙兄妹两位都已不幸被人杀死了。"

若飞、天仇、陆豹三人突然听此消息，仿佛晴天中起了一声霹雳，大家不约而同地叫声"哎哟"，身子都已从椅子上跳起来了。若飞猛可走到药枫面前，拉了他那只右手，急急问道："马大哥，你且快告诉咱们，他们是被谁杀死的？在什么地方？"

药枫因为心虚的缘故，被他冷不防这么一来，倒吃了一惊。今听他这样问，方知他是因为性急的表示，遂竭力镇静了态度，说道："他们行过凤凰坡的山前，被上面孙灵精拦住去路，叫他们留下买路钱来。当下犹龙兄哪里肯依，彼此便交手大战起来。咱是附近稻香村的居民，原是打猎为业的，齐巧经过此山，见了他们厮杀情形，遂也上前助战。不料孙灵精此人厉害万分，且部下头目众多，咱们不能取胜，方欲向后败退。不料犹龙兄妹俩均受他们暗镖所伤，咱抱了犹龙就逃，竟也被他们斫去一臂。"说到这里，唉了一声，又说道："可怜他们死得好可怜呀！"说罢，便失声哭泣起来。

若飞等三人听了这话，心痛若割，大叫一声："孙灵精狗贼，咱们若不报此仇，定不生存于世也！"言讫，大家也都不禁泪下如雨。天仇心中暗想：药枫这人来得好不突兀，莫非其中有诈吗？遂收束泪痕，向他诘问道："马老兄，承蒙你前来报信，咱们十分感激。不过犹龙兄妹亦非等闲之辈，岂被一个孙灵精就轻易地杀了吗？那么他们尸体现在何处？不知老兄可能陪伴前去一瞧吗？"

药枫听他若有猜疑之意，遂不慌不忙地取出那块血红的如意石，以手加额，拍了一拍，哦了一声说道："咱这人糊涂，险些忘记了一件重大的使命哩！"说着，把此石交付若飞，说道："此石可是令妹之物吗？"若飞接过一瞧，果然是给犹龙交换的信物，这就紧握在手，向药枫又急问道："马老兄，此石你从何而来的呀？"

药枫叹了一声，说道："你们且不要急，咱好好告诉你们吧！"说着，以手拭泪，接着又道，"当时咱抱了犹龙兄落荒而逃，奔了一阵，见后面没有追赶，方才给他躺到地上。只见他胸口中着一支银镖，血流如注。他问我小鹃在哪儿，我明明知道已被杀死，却不敢告诉。他最后拿出这块石来，交给我手中，并嘱托道：说此石乃大侠柳文卿女儿柳小萍的东西，原是给他作为订婚交换的信物，想不到这次竟死于贼人之手，此头婚姻顿成一场春梦耳！不过他已死去，柳家万一不知道，这样不但耽搁了人家女孩儿的终身，而且也要给柳家记挂。所以叫咱千万把此石送还柳家，告诉犹龙虽死，请各位不要伤心，同时更希望柳小姐不要悲痛，假使有少年英雄，只管另嫁他人，这样犹龙虽在九泉之下，亦很安慰的了。说完这几句话，又告诉咱柳家的住址，便一瞑不视了。咱不敢有负所托，故把他草草埋入土中，急急赶到这儿来了。"

药枫一口气说到这里，以手擦泪，又作落泪之态。天仇、若飞、陆豹听完了他这几句话后，这才完全地相信了。大家一阵辛酸，不免又挥泪不已。这时院门外又走入两人，原来正是柳文卿和陆小六在外面喝酒回家。一见众人淌泪，均各大吃一惊，遂急问何事伤悲？若飞遂向药枫介绍，一面把如意石递给父亲，一面将犹龙兄妹已死之话向他告诉一遍。文卿一听这话，大叫一声"哎哟"，不禁呆若木鸡，怔怔地愣住了。谁知这消息早有小丫头传送到上房里，只见柳笛匆匆来说道："老爷，不好了，小姐厥过去了。"

　　文卿、若飞、天仇听了这话，大家急得向上房里直奔了过去。只见柳夫人柳五儿抱住了小萍，青鸾和众仆妇拿开水的拿开水，拧手巾的拧手巾，叫的叫，喊的喊。一阵忙碌之后，只听小萍才哇的一声哭了出来。柳五儿连喊："我儿醒来，你快不要这个样子了。你若有三长两短，叫为娘的如何做人呢？"说着，也泪下如雨。文卿在旁含泪说道："孩子，人死不能复生。想吾儿达人知命，亦不必过于伤心，自己保重身子。"小萍抬起泪眼，见房中哥哥、天仇等都在，遂也不好意思过分伤情，停止了哭泣，只把泪水儿像珍珠一般地抛了下来。

　　这时薛香涛和韩浣薇也都闻讯赶来，向小萍安慰。文卿把那块如意石交付柳夫人，便和若飞、天仇一同走出大厅来，见陆洪父子正从院子外进来说道："姓马的不及面辞大哥，已匆匆地别去了。"文卿道："难为人家前来报信，咱们也该谢他一些银两才是。"陆豹道："那么待徒儿把他再去追回来吧！"说着，便匆匆奔出。不多一会儿，又来说道："已不见他的影子了。"文卿道："也就罢了。"说到这里，叹了一口气，淌泪道，"咱真想不到犹龙兄妹这两个孩子会到如此下场，那老天不是太残忍一些了吗？这次前来四川，原为探望于咱，不料却死于非命，他日云生大哥闻知，叫咱如何能够对得住他呢？"说罢，唏嘘不止。若飞说道："凤凰坡离此不远，孙灵精如此可恶，咱们决定要给犹龙小鹃妹报仇的。"天仇陆豹齐声说道："若不报此仇，如何消去咱们心头之恨？"文卿道："你们不要性急，且过几天再作道理吧！"若飞听父亲这么说，遂也不作声了。

这晚陆洪夫妇和陆豹兄妹都在柳家吃了晚饭后才回去，香涛和天仇母子俩向他们劝了一会儿，也自回院子里去。柳小萍晚饭也没有吃过，躺在自己的房中，只管扑簌簌地淌眼泪。柳夫人亲自拿了碗燕窝粥，坐到床边，伸手拍了拍小萍的身子，叫道："你别伤心啦！你应该想得明白一些，就是哭死了，也不是徒然的吗？饿坏了身子，叫娘心中不是难过吗？"小萍听娘这么说，遂坐起身子，拭泪说道："母亲，我真的不想吃，即使吃下了后，反而会作呕的。"柳夫人听她说得可怜，遂抱了她娇躯，说道："那么稍许吃些吧，孩子！唉！"说到这里，不免也叹了一声。

小萍偎着她怀里，淌泪说道："想我未满周岁，妈妈就被贼秃杀死，命已苦极了。谁知事到今日，我命还要苦着万分哩！唉，那我还要做什么人呢！"说着，呜咽啜泣不止。柳夫人也淌泪说道："孩子，你千万别说那些消极的话，你还只是十六岁的姑娘哩！将来终有光明的前途、幸福的乐园！"小萍听她话中，当然很明白她的意思，遂说道："母亲，女儿今生是不会再有幸福的日子了，听龙哥临死的时候，虽然也叫咱另嫁他人，但女儿命薄如纸，即使另嫁他人，也绝不会得到幸福的。何必再遭一个污点呢？所以女儿已打定主意，愿终身皈依佛门，以修吾的来生，给咱有个圆满的结局吧！"说到这里，心碎肠断，早已声泪俱下。

柳夫人听了她这样悲惨的话，也为之泪涟，说道："孩子，并非为娘的劝你改嫁，因为你和犹龙究竟没有正式订过婚姻手续，而且舅父那里还根本没有知道呢！你是个年轻的姑娘，如何因此而丧失了终身幸福了吗？所以这个主意，你是千万不能存的。"

小萍听了这话，收束泪痕，正色说道："婚姻大事，一言为定，岂有儿戏的吗？况且女儿上次若没有龙哥乔装新娘，前去和那强盗厮杀，恐怕女儿此身也不在人间了。"柳夫人听她这么说，反而暗暗敬佩。但这到底是个悲惨的结局，所以不免又淌下泪来。

小萍见了，反倒劝母亲不用为女儿伤心，还是早些去睡吧。柳夫人没法，也只好叫小鬟银菊好生侍候小姐，她便回到房中，见文卿坐在烛下，长吁不已，遂很忧愁地把小萍欲落发为尼的意思向他悄悄告诉。文卿道："这事也只好慢慢地请秦夫人陆夫人劝劝她了。"说罢，又连声叹息。

且说小萍待母亲走后，她便取出那块血红如意石并那条鸳鸯宝带，细细抚弄了一会儿。她瞧着这条绢带，雪白无瑕，两头绣着一对鸳鸯，神情活泼，正在戏水。瞧了这对鸳鸯，她的脑海里便浮起犹龙俊美的脸庞，似乎还在向自己多情地微笑。于是她心碎了，肠也断了，眼泪更像雨点一般落下来。她觉得这条宝带，就是自己终身的伴侣了。

银菊在旁见小姐只管伤心，遂说道："小姐，时候不早，你是个娇弱的身子，既不吃饭，又不睡觉，明儿不是要累病了吗？"

小萍不答，把鸳鸯宝带和如意石收起。移步窗前，推开窗户，只见碧天如洗，月圆如镜，当空而照。这就含泪叹道："石名如意，而我之遭遇竟如此不如意。带名鸳鸯，但我之身世却犹若黄鹄。唉！月儿呀，你虽圆了，我却是永久不会圆的了。"说着，泪又为之湿透衣襟矣！

不料这时有个少年，步入中庭，也在长吁短叹。他听了小萍这几句话，遂回头来望，一见小萍，遂走了上来，叫了一声"萍妹"。小萍凝眸细瞧，见是天仇，遂收束泪水，低声说道："仇哥，你怎么还不睡呀？"天仇挨着身子，和小萍隔窗而立，见小萍带雨海棠般的粉脸，倍觉楚楚可怜，不禁叹道："咱为妹妹身世设想，如何还能睡得着？在院子里踱了一会儿步，不知不觉竟踱到妹妹的院子里来了。"

小萍听天仇这样说，又见天仇脸上亦沾着丝丝泪痕，一时觉天仇真是个多情的少年。于是她又想起幼年时和天仇青梅竹马、雪地运砖的一幕，她心中愈加悲酸，遂把秋波向他逗了一瞥哀怨的目光，忽然回过身子，奔向床上倒下，又呜呜咽咽地哭起来了。

天仇被她这么一来，摇了摇头，眼泪也夺眶而出。英雄气短，不外乎儿女情长。心中暗想：幼年时和萍妹已十分亲爱，后来随师上山，一别八载有余，咱和小燕两下里发生了爱情，回家后见了萍妹，各人心中都有感触。但萍妹能和犹龙配成一对，也未始不是一对好姻缘。谁知天心何酷，竟演成了如此惨绝人寰的局面，那叫我怎么能不伤心吗？天仇一面呆想，一面望着房中床上的小萍，兀下怔怔地愕住了一回。良久，方低声唤道："萍妹，你千万不要太伤心呀！"

小萍在床上哭了一会儿，以为天仇终走开的了，不料此刻又听他呼唤自己，这就又从床上坐起。在灯光之下，瞧到窗外天仇脸上也是泪水满颊，一颗芳心，自然万分感动，于是姗姗地又步到窗前，泪眼盈盈地瞟他一眼。因为在小萍心中是并没有知道天仇和小燕有爱情的一回事，所以她对于天仇今天表示，以为他仍有爱上自己的意思。所以她在万分感激之余，又觉得万分抱恨。沉吟了一会儿，方低低地道："天仇哥哥，你的情你的心我都知道，我觉得确实是负了你，然而这也并非是我情薄，实在是环境如此。不料妹子命薄，竟做了孤鹄。虽然哥哥爱我之情深厚，但妹子也只好待来生报答你了。天仇哥哥，你不要为我这苦命人而作无谓的伤心吧！你是个年少英雄，将来不难得到一个贤淑的夫人。时已不早，你该去睡了。妹子不想和你多说话，因为多说一句，也无非多增妹子心头的悲痛罢了。"说到这里，硬着心肠，却把窗户关上了。

天仇听她这样说，如何不明白她的意思呢？他觉得小萍是个多情的姑娘，是个可怜的姑娘。他站在窗外，兀是愕住了一回。耳中听得房里又传出一阵哀哀的哭声，是令人酸鼻不忍卒听的。

这夜天仇睡在床上，也是整整地淌了一夜眼泪。到了次日，若飞决心欲替犹龙报仇，所以和天仇暗暗商量。天仇当然赞成，于是两人偷偷出了家门。不料在村前齐巧遇见陆豹，遂急问两人往哪儿去。若飞生恐他误事，遂骗他说道："我们去散一会儿步，你不要跟我们走，我爸爸有事情叫你哩！"

陆豹虽憨，但有时候也很聪敏的。他见若飞叫自己不要跟他们走，这就理会过来了，遂嚷道："你们想瞒我吗？我知道你们一定是到凤凰坡报仇去的。哼！这件事儿咱肯不一同去干吗？"

天仇道："并不是不要你去，因为生恐你为他们所害，倒反而叫咱们担心哩！"陆豹听了这话，大声说道："咱今为龙哥鹃妹报仇而去，虽粉骨碎身，亦绝无遗恨耳！二位若一定不准我同去，我便先死在你们面前。"说罢，顿足不已。

若飞笑道："去吧，去吧！何苦如此？"陆豹这才笑起来，说道："那么你们等我一等，我得回家去拿家伙。"天仇叮嘱道："我们家中都不知道，你千万不要给老伯晓得。"陆豹点头答应，遂匆匆自去。不多一会儿，他便拿了两柄阔背大斧，笑着来了，说道："入他的娘！老子不把孙灵精斫个半死，誓不回家。"若飞天仇听了，忍不住笑了起来。于是三个人瞒着家里，便直向凤凰坡而来。

这日待到凤凰坡山脚下的时候，已近黄昏。若飞见前面树林浓密，云雾笼罩，遂说道："咱们为报仇而来，应该正大光明通知他，叫他下山，见个高低。你们以为如何？"天仇点头说道："此言甚善，我亦赞成。"陆豹这就放大嗓子，高叫道："孩子们，快快出来，叫你们大王即速下山受死，说咱柳若飞秦天仇陆豹三位大爷前来报仇雪耻。"

不料喊了多时，却不见一个孩子出来，大家心中好生奇怪。若飞道："且不管它，咱们杀奔上山，再作道理！"于是三人各执武器，飞步上山。一路之上，并没一人阻挡。到了寨门之外，遥望进内，只见里面已是一片焦土了。三人面面相觑，真是不胜骇异。天仇道："这是被谁先来烧毁了？"若飞道："奇怪，奇怪！那么这个孙灵精不知还在人世吗？"陆豹顿足恨道："可惜，可惜！咱们竟迟到一步了。"若飞天仇研究了一会儿，也不知到底是谁来报仇的？于是大家只好走下山来。

这时暮云四布，天色已晚。陆豹口渴，想找水喝。天仇道："那边有村庄了，我们进内去讨杯水喝是了。"说着，三人到了一家院子门口，见门开着，遂走了进去。突然屋子里有人粗重地喝道："你这王八羔子，自己有了妻子，还偷人家老婆。咱把你老婆先玩起来，再和你算账吧！"陆豹一听这话，身子先跳进房中。见里面亮了一盏油灯，有个书生躺在床上。室中另有一个大汉，面目狰狞，抱住一个妇人，按在榻上，却欲实行非礼。陆豹瞧此情景，真气愤得暴跳如雷，大喊"反了反了"。

　　不知此大汉究系何人？且待下回再行分解。

第十一章

淫人妻女眼前报应

且说王贵那夜从后门匆匆逃出，因为心慌意乱，所以跑不了多少路，竟被路旁石子绊了一跤。这一跌下去，齐巧前面是个水潭，只听嘭的一声，他的身子早已淋淋漓漓地溅满了泥水。王贵心中又惊又怕，勉强挣扎站起，抱头鼠窜地逃回家里，伸手急急地敲门。

他的妻子徐梨芬以为王贵此去终要天明才可以回来。她独个儿躺在床上，想着丈夫这时候一定被这淫妇穷凶极恶地浪着，一颗芳心在无限怨恨之余，真有说不出的悲酸。因此含了一眶子热泪，也只好沉沉地睡去了。在梨芬的心中对于丈夫此刻会回来，这当然是万万也想不到的事情，所以王贵敲了许多时候的门，她却一些也不知觉。

可怜王贵落了水后的身子，被夜风一阵一阵地吹送，只觉寒意砭骨，冷入心头。他咬着牙齿，全身几乎发起抖来。好容易王贵敲门的声音把屋子里的梨芬惊醒了，她睁开眼睛，凝神细听了一会儿。因为是在深更半夜，所以她不免大吃了一惊，暗想：这到底是谁呢？丈夫又不在家，万一开门进来的是个歹徒，那我的贞节还能保得了吗？想到这里，身子躺在床上，也只管瑟瑟发抖。后来听得有人喊梨芬的声音，这声音明明是丈夫的口吻，她这才惊喜交加地跳下床来，前去开门。

王贵一见梨芬，便埋怨她道："我敲了这许多时候的门，你怎么到此刻才来开门呢？"梨芬见丈夫狼狈而回，一时以为被淫妇的丈夫发觉了，所以吃了他的苦头回来，心头又怨恨又肉疼。一面关上院子的门，一面扶他进内，说道："你也说得好的，我如何知道你此刻会回来呢？唉！怎么全身稀湿？难道被她丈夫侮辱过了吗？"

王贵听了妻子的话，真是"哑子吃黄连，有苦没处诉"，便叹了一口气，忍不住淌下泪来。梨芬瞧此情景，也是伤心，眼皮儿一红，说道："你快把湿衣服脱去了吧！这样子明儿不是要患病了吗？"说着，遂把湿衣服亲自给他换。

王贵心中自然感动得了不得，当夜抱着梨芬的身子，淌泪说道："芬妹，我做丈夫的实在太对不住你了！唉，从今以后，我得好好挣扎起来做一个人。"

梨芬听丈夫向自己忏悔，心里在万分哀怨之余，也得到了无上的安慰，遂向他柔声儿说道："但是我也原谅你心中的苦衷，只要改过自新，那当然还不失是个有勇气的人。大丈夫郁郁不得志者，自古亦颇不乏人，然而他们都能忍耐。环境虽穷，而志自不穷也。今你为了她的资助而甘心做她的玩物，这是多么可耻的一件事呀！你瞧我几时曾经向你说过一句太穷苦的话。虽然在粥都没有喝的时候，我也只劝你用功读书，千万不要忧愁。那你不是也可以学颜夫子的样子吗？所以你如今可说是受了一次教训，悬崖勒马，还可以回头是岸。要不然你一生光明的前途，将葬送在那淫妇的手中了呢？"

梨芬说一句，王贵点点头，待她说完了这几句话，王贵偎着她的粉脸儿忍不住哭出声音来了。梨芬知道他是悔恨的意思，反而暗暗欢喜，遂伸手抹他的泪水，又低低地说道："你别哭呀！哭是弱者的表现，你应该立志奋发，努力地做一个人，那才不愧是个顶天立地的男子哩！"

王贵道："芬妹，你不但是个贤德的妻子，而且还是个有思想有抱负的女子。然而你会嫁一个这样不争气的丈夫，我觉得实在太委屈你了。唉！芬妹，叫我怎么有脸再见你呢？"

梨芬听了这话，又伤心又难受，泪水也不禁夺眶而出了，说道："哥哥，你千万别说这些话吧！一个人谁没有过错，知过能改，这才是一个完人。妹妹知道你胸中是有锦绣的文章，只要你埋头苦干，静待时机，将来自有飞黄腾达的日子，到那时候就是妹子扬眉吐气的日子了。"

王贵听她这样安慰，听她这样勉励，遂下了一个决心，说道："好吧，我听了妹妹的话，使我心头增加了不少的勇气。从今以后，我若不干一番轰轰烈烈的事业，我绝不生存于人世也。"王贵之所以说这一句话，无非是表示他的决心，谁料到果然会成事实呢？这真所谓一失足成千古恨，再回头已百年身了。

到了第二天，王贵全身发热，便病了起来。梨芬当然明白丈夫的病是因何而起，她又怨恨又焦急，暗想：这病是很危险的一种，若不医治得快，恐怕是凶多吉少的了。但是请大夫要银子，一时里又到什么地方去借银子呢？所以她心中这一焦急的痛苦，真也不是作者一支秃笔所能形容其万一的了。

王贵的私塾原开设土地堂内，因为他病了，所以向梨芬道："今天还是你去代课吧！我睡一天也就会痊愈了。"梨芬道："那你在家里没有人服侍，可怎么办呢？"王贵道："不要紧，你只管去吧！"

梨芬没有办法，只好到土地堂里去代课。这几个学生又十分顽皮，听说先生病了，对于师娘都不害怕，大家便书也不读地游玩起来。梨芬因为心里惦记着丈夫，所以无心教授，便给他们放假一天。于是学生背了书包，也就各自回家了。

且说巧香见儿子放学得这样早，遂问他什么原因。阿保道："先生病了，所以放假一天。"巧香听了这话，心中暗想：该死，这可糟了。莫非王贵昨夜回家在半途上受了风寒，所以患起夹阴伤寒来了吗？那可怎么办，不是要丢送他一条命了吗？但是自己因为和药枫已经有了密约，对于王贵的死活也就管不得许多了。她是一心想念着药枫的好功夫，真个把自己心花儿都会撞开的。她回味着昨夜的欢情，实在是太够味了。所以她预先整理了一包细软，想做凤凰坡的压寨夫人去了。

但事情是出乎意料的，这天药枫固然没有来陪伴，而且匆匆过了三天还不见药枫到来。巧香心中不免暗暗焦急，想道：这到底是怎么的一回事呢？难道他是存心见花折花的吗？不过他是曾经向我发过重誓的，想来他一定不会把我忘记的。那么他回寨一定又发生意外事故了，否则，他如何直到此刻还不回来接我去呢？想到这里，心里真有说不出的难受。一会儿又想：这厮莫非说的全是谎话吗？假使他真的是凤凰坡的寨主，势力是多么浩大，难道还会被人家斫去一条手臂吗？这样猜想，老娘可上了他的当了。于是她不免又想起王贵来，不知病得如何了？咱倒不妨叫阿保去探望探望。巧香想定主意，遂对阿保道："你先生现在还没给你们开课，想来病还没有好哩！你做学生的不是也该去望望他吗?"

阿保听了,点头答应。他遂匆匆地走到王贵家里,高声叫道:"师娘,先生可好了吗?"这时梨芬伴在床边,见王贵昏沉的样子,心中正在悲伤。一见阿保,便恨恨地骂道:"全是你这不要脸的娘害人精,现在把我丈夫害得这个模样儿,叫我如何是好呢?"说到这里,那满眶子的眼泪便扑簌簌地滚下来了。

阿保被她骂得目瞪口呆,望着她愕住了一回,也就匆匆地回家来了。他一脚跨进院子,就见爸爸打猎回家,站在竹篱笆旁撒尿。阿保一眼瞥见爸爸,便抿嘴笑起来。赵大道:"阿保,你笑什么?"阿保是个才六岁的孩子,他懂得什么厉害,遂笑道:"我那夜瞧见的,比爸爸还要大哩!"赵大听孩子淘气,便啐他一口,笑骂道:"小鬼,你胡说,在什么地方瞧见的?"阿保笑道:"真的,我没有胡说,那夜我在娘房中亲眼瞧见的。"

赵大对于阿保这一句话,真是不听犹可,既听到了之后,他满腔子的怒火顿时高燃起来,暗想:这事情有了蹊跷,咱在孩子身上倒要问个详细哩!于是把阿保抱起,走到无人之处,悄悄地问道:"孩子,你这话可是真的吗?"阿保道:"当然真的,我没有说谎!"赵大又道:"那么这个人是谁呢?他在娘房中做些什么?你能全告诉爸吗?爸明天去捉一只白兔子来给你玩,你欢喜吗?"阿保听有白兔子玩,心里大喜,遂拍手笑道:"爸爸,你这话也真的吗?"赵大吻了他一下面孔,说道:"爸爸如何会骗你?阿保,那么你快告诉我呀!这个人到底是谁啦?"

阿保道:"那天晚上,娘叫我去请先生来玩……"赵大不等他说下去,忙又追问道:"先生是谁?他姓什么的?"阿保道:"就是我学堂里的先生呀!他叫王贵,爸不是也瞧见过他吗?"赵

144

大道："原来就是这个王八！阿保，后来怎么样呢？"阿保道："我把先生请来之后，娘就叫我到隔壁去睡了。不料我睡到半夜里，突然听到娘房中有哧哧的笑声。我心里奇怪，遂走到板壁旁去瞧。只以为娘惹上了魔，谁知娘和一个赤条条的男人睡在一起。我仔细一瞧，又像是王先生，又不像是他。可是以王先生时常来玩，我想准是他了。后来，王先生也嘻嘻地笑了起来，这时我一个不留神，把头撞上了板壁，马上逃回到床上去睡了。"

赵大听到这里，再也听不下去了，遂忙说道："好了好了，那么你知道先生和娘已往来好多次吗？"阿保道："娘叫我去请先生是好多次了，可是我瞧见还只有这一次。"赵大点了点头，放下阿保，在袋内摸出几个铜子，叫他到外面买糖吃去。阿保心里欢喜，遂一蹦一跳地奔到院子外去了。

这里赵大握了拳头，把脚一顿，恨声不绝地骂道："咱和这不要脸儿的淫妇算账去！"说罢，他身子直向房中直奔。在奔到房门口的时候，他把怒火又平了下来，暗想：我且不露声色地试试她，看她怎么样的说法！于是放轻了脚步，走进房中。

只见巧香懒洋洋地躺在床上，呆呆地出神。她见丈夫回来，便皱了眉尖，说道："你回来啦！我不知怎的，有些头痛呢！"赵大坐到床边，拉着她手儿，说道："那么你是有些病了吗？"巧香秋波乜斜他一下，故作撒娇的神气，把身子横到赵大怀中来。说道："全是你不好，每夜终不回家，叫人家不是太冷清了吗？"赵大笑道："反正你不是也有人陪伴吗？"巧香听了这话，心儿顿时像小鹿般地乱撞起来，绯红了两颊，向他啐了一口，但表面上还竭力镇静着态度说道："谁陪伴我呢？除非是你的儿子罢了。"

赵大捧着她两颊，吻了她一下嘴，笑道："你果然是这样贞

145

节吗?"说着话,把两手圈住了她的颈项,就一把扼了拢来。巧香还以为丈夫和她闹着玩,遂笑骂他道:"赵大,你要死了,快放手吧!开玩笑也不是这样开法的呀!你可要把咱扼死了。"赵大听她这样说,遂厉声喝道:"你这毫无廉耻的淫妇,谁和你开玩笑?你做得好体面的事情,把咱赵大当作一只死乌龟看待吗?"

巧香听了这话,粉脸突然变色,身子挣扎坐起,强辩道:"赵大!咱和你近十年的夫妻,你这话是打从哪儿说起的呀?"赵大伸手在她脸上啪啪猛抽了两下,冷笑了一声,骂道:"你还装什么正经?好不要脸的贱货,你和王贵私通了到底有多少日子?快快从实告诉,免得皮肉受苦。"

巧香粉嫩的两颊,怎受得住赵大蒲扇那么粗大的手敲打,早已起了五条血红的指印了。她听丈夫竟已知道自己和王贵私通的消息,一时吓得全身不免发起抖来。但她是泼辣成性的妇人,在这情势之下,还一味地强辩道:"自古捉贼捉赃,捉奸捉双。咱和王贵私通,你到底有什么证据?赵大,你怎么听了旁人的话,就轻易地来冤枉我了。"说到这里,把她女子唯一的法宝——泪水又滚了下来。

赵大冷笑道:"咱告诉了你,也好叫你死而无怨。假使旁人告诉我这个事情,咱当然不能立刻就相信了人家。但是你得明白,这个消息是你六岁儿子亲口告诉我的,那难道还会错了吗?你真好快乐,调调儿一丝不挂地跟人家寻欢,那你怎能对得住我呀?"赵大说到这里,猛可站起身子,一手抓住了巧香的头发,把她直摔到地上来。

巧香从床上跌到地上,见他兀是扭住了头发不放,一时又痛又恨,遂一把眼泪一把鼻涕地哭道:"你这人真枉为活了这一把年纪，怎么去听信一个六岁孩子的话？他能知道什么呀？"

赵大因为阿保说得很详细，在他认为孩子也并非要告诉得这样详细，无非一片天真，把所瞧到的事情都说出来罢了。所以巧香无论怎么辩解，他绝对不会变动一些意思，挥拳把她痛打了一顿，然后又把她按到床上，望着她狞笑道："巧香，一个六岁孩子绝不会造谣的，况且他还是你亲生的儿子呢！不过阿保的告诉也是无意之中的，这真是天网恢恢，也是你恶贯满盈的日子到了。假使你再不甘心，那么我就汇报你一个详细，你听了终可以死心塌地得没有话说了。那夜你叫阿保把王贵请来，然后叫阿保到隔壁去睡。后来阿保被你们笑声吵醒，他便在板壁缝中瞧过来，见到你们这对狗男女正在快活呢！以后的话，我不愿再说。因为说出来，徒然丢我自己的丑。巧香，这事是事实吗？是证据吗？到此你尚有何说？"

巧香听了这话，方知那夜听到砰的一声板壁响声，原来就是阿保在偷瞧。不过那时候和自己私通的倒并不是王贵，却是药枫呢！唉！想不到自己这事情却会泄露在阿保的口中，这岂不是做梦也料不到的吗？

赵大见她听了自己的话并不作答，可见她已经是承认的了。遂在腰间突然拔出一柄匕首，向她一扬，喝道："巧香，咱赵大待你不薄，你敢背我偷人，可见咱们夫妇恩情已完，咱还要你何用！"说罢，举刀猛可的便向她戳了下去。巧香连忙抬手托住了他的手腕，呜咽泣道："赵大，事已如此，咱后悔也已不及，假使你念我十年结发之情，能饶我一死，从今以后，我便一定改过自新。若再不守妇道，任你杀死，我也死而无恨的了。"

赵大听她这样说，心不免软了下来，叹了一声，说道："赵

147

大本可饶你，无奈心头之恨难消。咱们纵然有十分恩情，也就到此告一结束吧！"说罢，摔脱了她的手，狠命地便一刀刺了下去。巧香叫声"哎哟"，"哟"字还没有喊出，只见血花飞溅之处，巧香一缕风流幽魂，便永远脱离了这个臭皮囊飘向天际去了。赵大既把巧香杀死，这才落下几点泪来说道："巧香，你不要怨咱，咱给你报仇去吧！"说着，便匆匆地奔出大门，直向王贵家里而来。

那时天已微黑，室中已亮灯光。梨芬见王贵病势实已很重，遂坐在床边，只是暗暗地垂泪。王贵拉了梨芬的手，叹了一口气说道："妹妹，我这病是怕不中用了。唉！我害了你，剩下你这么一个人孤零零的，叫我怎么能对得住你呢？"梨芬听了他这句断肠的话，心儿真仿佛有刀在割一般疼痛，叫了一声"哥哥"，忍不住失声哭泣起来。王贵又道："妹妹你别哭吧！我明白，我明白这是淫人妻女的下场，虽然并不是我去勾引人家，但我到底是太对不住自己的良心了。"说到这里，泪又滚滚而下。接着又道："我死之后，妹妹可以不必守节，只管自行再醮。因为我太对不住你，你若不另嫁他人，也许更为增加了我的罪恶。"说到这里，便再也说不下去了。

谁知就在这个当儿，忽然赵大手握亮闪闪的刀闯了进来，大喝道："好大胆的王贵！你和我有什么冤仇，竟敢奸污咱的妻子？如今咱已把妻子杀死，特来与你算账。"说着话，身子猛可地已奔到床边来了。

王贵见了赵大，同时又听他这么说，一时吓得魂不附体，说道："赵大，你不用和咱算账，咱为你妻子所害，性命也早已危在旦夕的了。"赵大听了这话，见他们夫妇又哭得泪人儿似的，心中暗想：原来王贵这狗蛋已病得快要死了。再瞧梨芬的娇靥，仿佛海棠着雨，颇能令人可爱。于是他想到自己妻子被他奸污，咱何不把他妻子也奸污了，这样方才出了咱心头的怨气呢！想定主意，把刀在桌上一放，猛可上前抱住了梨芬的身子，按到那张榻上去，说道："王贵你这王八羔子，你自己有了妻子，还偷咱的老婆。现在咱把你老婆先玩起来，然后再和你算账！"

梨芬瞧此情景，急得双脚乱跳，大喊救命。不料这当儿，陆豹一个箭步跳了过来，把赵大衣领一提，向地下掷去，口中大骂道："好不知廉耻的狗强盗，在青天白日之下，胆敢强奸良家妇女，你真是活得不耐烦了。"赵大站脚不住，身子早已跌了一个跟斗，跌在地上几乎爬不起来。他回头一见陆豹手执阔背大斧，心中已是吃惊不小，又见后面走进两个少年英雄，向陆豹问道："这到底是怎么的一回事呀？"陆豹手指赵大，滔滔不绝地骂道："这王八蛋真不是人种，竟要奸污这位大娘！师兄，你瞧把他怎么样处罚呀？"

赵大见两位少年英雄，气概不凡，知道是个剑侠，遂急得大喊冤枉。若飞听他高喊冤枉，遂走上去问他说道："你怎么还喊冤枉，你欲强奸这位大娘，不是事实上的事情吗？"赵大道："小爷，你不知底细，她的丈夫倒真的把咱妻子奸污了，可是咱还并不曾奸污他的妻子呀！"若飞听他这样说，觉得事情必定有个缘故，遂又问道："你且起来，他的丈夫在哪儿？如何先奸污了你的妻子？你得好好向咱告诉。"

赵大这才从地上爬起，说道："小的姓赵名大，原是打猎为业的。妻子巧香，生得颇为美丽，因此被这个王贵引诱成奸。小的得知这事，愤恨万分，遂把妻子杀死，前来向王贵报仇。因为

149

痛恨他奸咱妻子，所以也欲奸他妻子，不料被小爷们撞见。实在是小的一时气糊涂了，请小爷们原谅才是。"

若飞听了这话，遂向梨芬说道："你的丈夫果然把他妻子奸污了吗？"梨芬这时吓得花容失色，全身发抖说道："咱丈夫和他妻子果有来往，不过并非是咱丈夫去勾引她的，原是她来勾引咱丈夫的。现在咱丈夫为了他的妻子病卧床上，非常厉害，谁知他还来寻事。"说到这儿，便泪下如雨地哭起来了。

这时天仇已瞧到床上睡着一个书生，面黄如纸，骨瘦如柴，上前去瞧，伸手探了探他的鼻息，谁知已经死了。原来王贵见赵大欲强奸自己的妻子，心中又气又急。原是垂危的人，这就一命呜呼的了。天仇这就叫道："赵大，你也不用报仇的了，他已经死了呢！"

梨芬听了这话，遂急忙奔到床边，伏下身子去瞧，连喊了两声王贵。她一阵悲痛，这就号啕大哭起来了。若飞这就向赵大道："王贵奸污你的妻子，原是王贵一人的罪恶，与他妻子可并不相干呀？你知道自己妻子被人奸污是件痛愤的事，那么你如何也存心不良，要去奸污人家的妻子呢？所以刚才你这举动，实在也太不应该了。现在王贵既已死去，你不是也可以消了心头之恨吗？况且你的妻子当然也不贞节，否则，如何会顺从王贵？可见你的妻子定也是水性杨花的女子，所以你不用全怨王贵的不是。赵大，你以为咱这个话是不是？"

赵大点头说道："小爷的话，自然颇有道理，咱不怨别人，只恨淫妇下贱，故而已被咱杀死的了。"若飞听赵大这样说，觉得赵大还不失是个爽快的人。不料这时却听梨芬呜呜咽咽地哭道："王贵，你真的会丢着我这个苦命人去了吗？你真狠心呀！

我几次三番劝解你，你终是不肯听从我，现在你就患了这个病死了，叫我以后的日子怎么过得下去呢？倒不是和你一块儿死去了吧？"说到这里，她真的起了厌世之念，遂猛可站起身子，把桌上那柄匕首拿来，便欲刺到自己的喉管里去。

陆豹一见，早已把她匕首夺下，向她说道："你丈夫既然如此无赖，死也应该，都是淫人妻女的下场。你的年纪轻啦，若为了一个无赖丈夫而情愿做同命鸳鸯，这不是太不值得了吗？"自古道蝼蚁尚且惜生，那么人为万物之灵，安得不爱惜自己的生命吗？梨芬被陆豹一说之后，她就再也没有勇气自寻短见了，因此坐在床边又大哭起来。

天仇见室中简陋不堪，明知贫穷十分，遂和若飞附耳说道："咱瞧那女子煞是可怜，何不如此如此，你的意思以为如何？"若飞道："你的意思很好，这也是一个报应，咱们且问问他们，不知他们的心中也以为然否？"天仇点头称是，遂向梨芬说道："大娘子，人死不能复生，哭也无益，咱瞧你也不用伤心了。咱们商量后事要紧，不知你丈夫族中还有什么人吗？"

梨芬听问，这才收束泪痕，说道："我丈夫族中已没有什么人了。"天仇又道："那么你以后一个人如何过活呢？"梨芬听了这话，忍不住又呜咽泣道："不但以后难以过活，就是连丈夫身后之事，也没有钱来成殓呢！所以在这样悲苦的环境之下，咱还有什么趣味再活下去呢？倒还是死了干净吗？"

天仇道："病死乃人力所不能挽回的事，好好的人终不至于会到活不下去的地步，所以你千万别说死的话。现在咱倒有个主意，不但你丈夫后事可以舒齐，而且使你也有归宿之所，不知大娘心中可喜欢吗？"

梨芬听他这样说，秋波向他瞟了一眼，倒是愣住了一会儿，良久方说道："若果有这样的好主意，小妇人还有不喜欢的道理吗？只不过究竟什么主意，小爷能否告诉给咱听听吗？"

天仇道："你丈夫因贪女色而死，丢下你这么一个孤苦的女子，他死有余辜的。因为你既无翁姑叔伯可靠，又无产业依赖，这样对于生活自然不能维持。因为生活不能维持而再醮他人，这并没有一些可耻的。况且你的年纪甚轻，又没有一男半女生下，这样在人道上说，你也应该可以另嫁他人。不过咱虽有这个意思，大娘是否能赞同呢？"

梨芬听天仇这样说，觉得也甚为有理。但是一个女子终不好意思和人家说自己是愿意再醮的，所以红晕了两颊，低头不语。天仇瞧此意态，知道她也有这个意思，遂又说道："赵大虽然生得丑恶，不过人倒颇为爽直。现在他已把妻子杀死，所以咱的意思，给你们就此配成一对，这样就可以叫赵大料理你丈夫的后事，而大娘也终身有靠。不知大娘的意思以为怎样？"

梨芬听他要自己就此嫁赵大，一时真觉得委决不下，暗想：若真的如此办，岂不是冥冥中的报应吗？天仇若飞见她虽未答应，却也没有拒绝，遂回头又问赵大意思如何。赵大见梨芬这样美貌，而且又这样贞节，假使她肯答应嫁给自己的话，她倒不会给自己做乌龟的了。所以十分欢喜，遂说道："只要大娘答应，小的决无异议。"陆豹这就插嘴笑道："这是终身大事，可以不必害羞。"梨芬淌泪道："事到如此，也只好……"说到这里，却说不下去。

陆豹见事已完成，遂说道："咱们因口渴而来，想不到竟做一次月老了。有茶没有？快取些来喝吧！"这时赵大向三人跪倒，叩谢成全之恩，且笑道："三位小爷别忙，小的还要请你们喝酒哩！"若飞忙叫他起身，梨芬也把茶端上。若飞等三人因为离家业已三日，生恐爸妈记挂，喝完了茶后，便即匆匆辞别走了。

过了两天，方才回到家中。文卿、陆洪、香涛等见三人回家，方才安心。一面埋怨他们为何不说明而去，害得大家担心，并且又道："小萍为了你们突然失踪，她竟落庵为尼了，这不是你们害她的吗？"三人听了这话，俱各大吃一惊。

不知小萍如何会出家？且待下回再详。

第十二章

心灰意懒皈依佛门

那夜小萍把窗户掩上，她倒在床里，思前想后，备觉悲酸，忍不住又呜呜咽咽地哭起来。丫鬟银菊连忙拧了手巾，拿到床边，把小萍身子推了推，低低地劝道："小姐，你也是个明达的人，徒然伤心，于死者固然无益，而且对你小姐的玉体更有损害，那又是何苦来呢？依银菊之见，小姐不必伤心，还是自找些快乐来宽慰自己才是。"说着，把手巾亲自给小萍拭泪。小萍亦觉欲哭无泪，所以停止哭泣，把手巾接过在眼皮上擦了擦，交还银菊，她便闭眼养了一会儿神。

银菊见她和衣而睡，遂又劝道："小姐，已经是秋凉天气，这样躺着恐怕要受寒的，还是脱了衣服，好好盖了被子睡吧！"小萍在一阵伤感之后，也觉寒意砭骨，十分难受，遂坐起身子，脱衣就寝，向银菊说道："你也自去安睡吧！"银菊点头答应，一面给她放下罗帐，一面便悄悄地退到下首那张榻上去睡着了。

银菊躺倒就入梦乡去，可是小萍却再也睡不着，听着银菊鼻声醋醋的气息，心中更觉烦闷。她脑海里是只映着犹龙的脸庞，方面大耳。照他相貌而说，他绝不是早夭之人，难道他就这样年轻轻的被人家杀死了吗？况且他的武艺出众，前次和陆豹同上贼

154

巢，竟把盗窟烧毁。这样瞧来，他难道就敌不过孙灵精了吗？不过姓马的来报告消息，那是事实，还会错的吗？唉！龙哥、鹃妹，只恨小萍手无缚鸡之力，否则，一定给你们向孙灵精报仇。纵然把小萍也杀死了，那也安慰九泉的了。小萍自忖到此，把眼泪又湿透枕底矣！

小萍翻来覆去，直到东方微白，方才朦胧入睡，待她一觉转醒，时已近午。只听外面声音嘈杂，不知为着何事，遂叫了两声银菊。银菊在外间听了小姐唤声，遂走进房中，把罗帐钩起。小萍睡态惺忪，纤手揉擦着眼皮，悄声儿问道："外面什么事情，如何人声鼎沸的？"银菊道："少爷和秦少爷、陆少爷从早晨到现在，不见他们的影子。秦太太、陆老爷、陆太太和咱们老爷太太在猜想，也许他们偷偷地上凤凰坡去报仇了。"

小萍听了这话，猛可站起身来问道："他们三个人都不见了吗？"银菊道："可不是？此刻已近午了，还不见他们回家，想来一定是到凤凰坡去了。"小萍微微地叹了一口气，说道："为了我的事，又累他们冒险前去报仇。孙灵精既然如此厉害，他们三个人又如何是他的对手呢？唉！不知此去到凤凰坡来回要多少日子？"

银菊道："这个我也不甚详细，听老爷说，至少也得七八天的工夫。小姐，你千万别担忧，少爷和秦少爷都非等闲之辈，他们既去报仇，定然会把孙灵精的脑袋取来的。"小萍听银菊之话，遂双手合十说道："但愿能应了你的话，真使咱要深深地感谢佛爷了。"

银菊见小姐这个情景，倒忍不住抿嘴笑起来，一面服侍她起床，一面服侍她梳洗。小萍略施香粉，也不涂脂，就走到上房来

155

向爸妈请安。柳夫人拉了她手，微笑道："孩子，起来了，昨夜没有吃过一些东西，今儿想是饿坏了。银菊，你快吩咐厨下开饭吧！"

银菊答应下去，小萍道："哥哥和天仇哥、陆豹哥都到凤凰坡报仇去了吗？"柳夫人道："你如何知道？银菊告诉你的吗？"小萍道："是的。"柳夫人道："究竟是不是到凤凰坡去，也还不知道哩！也无非是个猜想罢了！"小萍翠眉含颦，微微地叹了一口气，说道："哥哥也好生糊涂的，就是要去报仇，也该向爸妈明白地告诉。这样突然失踪了，岂不叫人担心吗？"文卿在旁说道："你也不用担忧，想来他们不会受亏而回的。"这时饭已开上，柳夫人拉了小萍一同坐下。小萍只吃了一小盅，便自回房了。

这天直到晚上，也不见三人回来。大家也就肯定他们是报仇去的了，小萍当夜暗暗想定了主意。到了次日，她便和爸妈说道："哥哥们一夜未回，女儿心中甚为不安，所以今天女儿欲到莲花庵去进香，但愿他们早日报仇而回，不知母亲意下如何？"柳夫人听小萍这样说，遂向文卿望了一眼。文卿道："他们不久自会回家，你何必进什么香？还是在家里静静地等待几天吧！"小萍不依道："女儿心神不定，去进了香后，心中可以得到一些安慰。"柳夫人道："女儿既然这么说，那么娘伴你一块儿去吧！"小萍点头道："母亲同去，那是更好的了。"文卿见有柳夫人一同前去，也只得罢了，遂吩咐仆人备轿，并叫银菊小心跟随。这里柳夫人和小萍坐上轿子，一块儿到莲花庵里进香去了。

莲花庵离柳家村约五里路程，轿子在路上得花半个多的时辰，方才可以走到。老师太见有人前来进香，遂迎接到禅房坐下，一面献茶，一面笑问姓氏，方知是大侠柳文卿的夫人和千金，所以招待得格外周到。彼此谈了一会儿，遂到殿上点香烛拜佛。小萍暗暗祈祷了一会儿，老师太又请两人到禅房用点心。小萍和柳夫人略为用过，擦过手巾。抬头见上首有副联句，小萍见写着：月在上方诸品静，心持半偈万缘空。瞧到万缘空三字的时候，她心中一阵悲酸，泪水儿几乎又欲淌了下来，遂慌忙回过脸儿，明眸又望到窗外去了。只见院子外一缸残荷，风吹枯叶，瑟瑟作响。墙角旁有几株梧桐，巍然而立。下面有个花坞，里面满种着秋海棠，正在发花。绿叶红筋，临风生姿。可惜艳而无香，未免缺憾，但点缀秋色，也颇令人爱而忘倦。

小萍睹此清静境界，便有留恋之意，暗想：我命既然这样薄，对于尘世繁华，一切早已无缘，心灰意懒，何不就此皈依佛门，岂不省却许多烦恼。这就向柳夫人说道："母亲，女儿命薄如纸，想来绝无幸福的日子。故而吾意欲今日拜老师太静贞为师，在此庵永远修行，不知母亲心中也可以为然否？"

柳夫人对于小萍今日来此进香，原早已防到她有这么一招，所以自己要陪伴她同来。今听她果然这么地说，心里便焦急起来，忙说道："这个是千万也不可以的，孩子，你若真的如此，那不是太伤了为娘的心了吗？"小萍含泪道："女儿主意已决，母亲可以不必难受。"

静贞老师太听了小萍的话，也不胜惊异，急问道："小姐貌艳于花，且才高咏絮，将来得配乘龙快婿，幸福无量，怎么意欲来此出家？不知是何道理？"小萍含泪低头，默不作答。

柳夫人遂把这事向静贞告诉，一面向她丢个眼色，说道："老师太，你想，没有结过婚，成过亲。虽然彼此情深，但是终也不能为此丧失了终身的幸福。你说是不是？”

静贞见柳夫人这么说，当然理会她的意思，遂也向小萍殷殷劝阻。但小萍执意不允，站起身子，向静贞拜了下去。静贞慌忙扶起，说道：“柳小姐快莫如此，这样岂不要折煞贫尼了吗？”柳夫人也道：“萍儿，你若一定要出家为尼，也得拣个日子，所以你且先回家去料理一切。若今日就此不回家了，叫我在你爸爸面前如何交代？所以你千万要听从为娘的话，不要使我伤心才好。”

小萍道：“女儿出家为尼，也并不是死去了，母亲何必要伤心呢？因为女儿看破红尘，觉得尘世繁华也等于一梦，倒还是终身皈依佛门比较清静。母亲，你千万要成全女儿的志愿，你若不答应，女儿便跪在你面前永远不起来了。”小萍说到这里，向柳夫人盈盈跪倒，伏在她膝踝上淌下泪来。

柳夫人听了这话，辛酸已极，一面抱住小萍的身子，一面却是呜咽啜泣起来。银菊在旁瞧此情景，遂含泪说道：“太太，小姐既然主意已决，强劝也是无益，所以暂时就让她留在此间，我们回家后和老爷说了，再作道理吧！”柳夫人道：“今日老爷原不答应她前来进香，此刻我们回去，岂不叫他见怪，所以咱可无颜一人回去。银菊。那么你去把老爷请来，说小姐决心预备出家了。”银菊听了，遂坐轿自去。

约莫一个时辰，只听外面一阵马蹄声，接着就步进许多人来。小萍抬头望去，只见爸爸、秦家伯母、陆家伯伯和伯母以及青鸾等都到了。她向文卿跪倒在地，淌泪叫道：“爸爸，女儿不孝，不能侍奉晨昏，今日在此出家为尼，千万望爸爸原谅是幸。”

文卿听了，一面扶起，一面挥泪说道：“孩子，你千万不可如此，祖母闻此消息，心中万分难受，本欲亲自前来，无奈卧病在床，她说萍儿若不回去，她便要急死了。孩子，你应该可怜她老人家，你就跟爸爸回家吧！"

这时香涛、浣薇、青鸾等也都劝她，但小萍心硬如铁，任他们怎么劝阻，此心总不变更，依旧欲留此出家。文卿见她这样坚决，一时觉得劝也没用，不觉长叹一声，说道："爸为女儿终身幸福，故而把你配与犹龙，谁料因此反而害了女儿终身，唉！这叫为父的如何不心痛若割呢？"说罢，不禁自捶胸部，挥泪如雨。

小萍见父亲这个样子，遂又倒身下拜，泣道："女儿该死，累父亲为我伤心，不孝之罪，真是百罪莫赎矣！唯望父亲只当没有我这个女儿，宽慰为怀，女儿实感激无穷哩！"说着，也泪流满颊，啜泣不止。

这时柳夫人向静贞师太附耳低低地说了一阵，静贞道："太太的吩咐，贫尼一切都已知道，终不给她落发就是了。"说着，故意拉了小萍的手，向众人说道："柳小姐主意已定，你们也不用多劝，且让她在这儿静静地玩几天。因为她心神不定，若闷在家中，也是不好的。"

文卿等听了，也只得罢了。柳夫人道："那么银菊在此服侍小姐，好生侍候。"银菊答应，小萍却再三推却。银菊笑道："婢子服侍小姐多年，今日一旦分离，叫婢子也是伤悲。小姐平素疼爱婢子，怎么如今就不要婢子了呢！"小萍听她这样说，遂说道："既然你有情义，那么就在这儿暂时和我做个伴也好。"

大家坐了一会儿，也就坐轿回家。小萍含泪相送，双手合十，已作师太之态矣！小萍出家后的第五天，若飞、天仇、陆豹三人从凤凰坡回来了，突然听了爸妈的告诉，都大吃一惊，连忙说道："妹妹要出家为尼，爸妈为何不竭力劝阻呢！"文卿听儿子埋怨自己，遂长长地叹了一口气说道："我和你母亲含泪强劝，她也始终不肯答应呢，你若不信，尽可问秦伯母和陆伯母，她们也劝得舌敝唇焦，可是萍儿主意已决，那叫我为父的又有什么办法好呢！"

文卿说到这里，又不免老泪纵横。一面问三人可曾报得仇了？若飞道："这事情说起来非常奇怪，咱们到了凤凰坡，谁知已经一片焦土，早已化为平地了。难道孙灵精仇人众多，已经被别人杀死了吗？"文卿听了这话，心中也暗暗称奇。

这时天仇说道："那么我们此刻到莲花庵去瞧萍妹吧！也许她听了咱们的劝告，会回心转意不愿出家的了。"文卿道："今天时候不早，你们先回家到母亲那儿告诉一声，也好叫她们放心。明天早晨，你们三人一块儿去吧！"天仇、陆豹点头答应，遂也各自回家了。不料当夜在莲花庵中却又发生了乱子，这真是小萍姑娘命中多难哩！

且说小萍自在莲花庵中住下之后，她便要求静贞师太给自己剃发。静贞因为受柳夫人的托咐，所以推说剃发要拣日子，且待几天再说。小萍信以为真，遂也不说什么，一天到晚，盘膝打坐，闭眼念经，静静修行。银菊见小姐一心修行，遂陪在旁边，也自念经解闷。

如此过了五天，这日下午，小萍念毕经后，照例到殿上去拜佛爷。谁知当她拜毕佛爷回身进内的时候，却被外面进来两个男子发觉了。他们一见小萍如此美貌，遂目不转睛得愕住了。小萍含羞，早已低头步进禅房去了。诸位，你道这两个男子是谁？原来其中一个，就是断臂赵药枫哩！

药枫在柳文卿家里谎报凶信，达到了目的之后，心中感到非常痛快。在他的本意，还想把柳小萍玩弄一下。后来见柳家多杰出人杰，觉得自己绝非他们对手，所以匆匆地辞别出来。他既出了柳家村，心中暗想，咱到什么地方去安身好呢？莫不是再到巧香那儿寻欢去吗？想到这里，回味巧香的骚淫之态，真觉够人魂销。他心里奇痒难抓，嘴角旁不免露出了一丝笑意。

不料正在这时，忽然背后有人把他一拍，叫道："赵老兄，咱们久违了，你一向好啊！"药枫回头去望，只见一个少年，公子装束，十分华贵。再仔细一望，不禁哎哟了一声，连忙和他握了一阵手，说道："你……你……莫非是江剑峰贤弟吗？咱们真的久违了。"

剑峰笑道："赵老哥不是在云南麒麟寨中安身，如何又到四川来了呢？"药枫听问，长叹了一声说道："这事说来话长，真是一言难尽。"剑峰忙道："舍间离此不远，敢请一叙如何？"药枫听了，正苦无处寄身，这就大喜说道："贤弟有请，敢不遵命是听。"于是两人携手同行。

约走数百步路，见折入一个村庄，旁有石牌，上书"江家庄"，和柳家村原隔三里路程。庄上树林茂盛，屋舍俨然，有良田美池桑竹之属，阡陌交通，鸡犬相闻，颇为融洽。剑峰到了一个院子，外植桃柳数株。因时在秋季，故柳丝已枯，桃树亦无花朵。只见院子里有株桂树，结成一球一球的黄花，随风吹送，芬芳扑鼻，甚为幽香。

药枫笑道："贤弟居此，犹若神仙境界，真好逍遥自在呀！"剑峰含笑不答，遂接入草堂，分宾主坐下。小童献茶毕，剑峰问道："老哥左臂何以不见？莫非为仇人所斫的吗？"药枫羞惭满面，遂一半事实一半说谎地向他告诉了一遍。剑峰皱了眉尖，很惋惜地说道："如此说来，老兄近来命运不佳，且在小弟舍下游玩几天，再作道理吧！"

药枫听了，拱手谢道："贤弟如此多情，愚兄感激不尽。不知太夫人现在福体康强否？"剑峰叹道："家母亦死已多年了。"药枫道："与贤弟一别将近十载，不料太夫人已作故人，殊令人痛惜不置也。如今贤弟府上尚有何人？"剑峰道："只有内子和小妹静波两人，故小弟平日颇为寂寞。今得老兄为伴，实使小弟不胜欢喜矣！"说着，吩咐小童摆上酒席，替赵药枫大爷接风。从此以后，药枫就耽搁在江家了。

前人有语"近朱者赤近墨者黑"，这句话真是一些也不错。江剑峰今年也不过二十一岁的少年，他父亲在日，倒是一位有名的镖师，所以剑峰自小也学了一身本领。和药枫是私塾里的同学，后来各自分别了。剑峰家中有钱，平日原染有公子哥的习气。虽然已娶了妻室，但寻花问柳，还是在所不免。现在遇到了药枫这么一个好朋友，于是狼狈为奸，生活更加奢侈起来，一天到晚玩私娼吃花酒，闹得一个不亦乐乎。

如此过了五天，剑峰也有些厌了，问药枫道："老兄，你知道还有什么新鲜玩意儿吗？"药枫投其所好，遂挖空心思地给他动脑筋，以手加额，沉吟了一回说道："有了有了，这儿可有庵堂吗？"剑峰不懂他是什么意思，望着他倒是愕住了一回，笑道："庵堂难道也有什么好玩儿的吗？"药枫笑道："你真不知其中的滋味，有些庵堂里面根本和堂子一般。那些年轻的师太，又美丽又风流，玩起来比妓女还够味儿呢！"

剑峰听他这么地说，将信将疑，笑道："哪有这种事情？"药枫道:"你若不信,咱们就不妨到尼姑庵里去走,保叫你可以玩到新鲜的滋味哩!"剑峰被他说得心活动起来,遂欣然站起,和他一同又走出去了。药枫道:"离此哪个庵堂最大?"剑峰道:"那只有莲花庵的了。"药枫道:"那么咱们就先到莲花庵里去吧!"

于是两人携手偕行,到了莲花庵,慢步走了进去。不料才到大殿,就给两人瞥见了小萍的倩影。剑峰见小萍眉如春山远隐,眼若秋波西横,虽然脸上脂粉不施,但白里透红,犹若出水芙蓉,真是艳丽到了极点。尤其柳腰婀娜,不盈一搂,仿佛仙女下凡,心中这就暗想:我妹妹静波,也算得美丽了,不料此女较我妹妹更加娇艳。剑峰这样地沉思着,自不免愣住了一回。

药枫见他这样失魂落魄的神情,遂轻轻拉了他一下衣袖,笑道:"贤弟,可不是?你现在总可以相信我这个话了。"剑峰方才惊觉过来,回眸望了他一眼说道:"你瞧这个姑娘又不是尼姑,她不是还留着头发?"药枫笑道:"不管她是什么人,但到底给咱们发现了一个美人儿,贤弟,你要尝尝这个温柔的滋味吗?"剑峰笑了一笑,说道:"你有什么法子吗?"药枫道:"这是极容易的事情,回头咱先向当家师太探问探问,这个姑娘究竟是谁家的小姐呢?"

两人正在说时,静贞师太从禅室里出来,见了两人,便含笑上前,双手合十,行了一个礼,问道:"两位大爷可是进香的吗?"剑峰点头道:"正是!请老师太把香烛点起,给咱们拜佛吧!"静贞师太于是在佛爷面前点起香烛,剑峰、药枫一一拜毕。静贞遂给他们到禅室宽坐,小尼姑端上香茗。

静贞问过他们姓氏,药枫方才向她低低地说道:"老师太,这儿庵中一共有多少师太呀?"静贞师太答道:"大小一共三十六个,连香火厨下大约四十人吧!"药枫含笑点了点头,回眸望了剑峰一眼,剑峰齐巧也在望他。药枫于是又问道:"刚才咱见有一位带发的姑娘,不知此人是庵里什么人呀?"静贞哦了一声说道:"这位姑娘是贫尼新近收的徒儿,不过还没有剃发哩!"剑峰听到这里,也不免插嘴说道:"年纪轻轻的姑娘,不知为何要出家呢?她是谁家的小姐?"

静贞叹了一口气说道:"这位小姐也真难得,她家里的人谁不劝她呢!可是她始终不肯,立意要修行。"药枫忙道:"那么其中必有个缘故了。"静贞师太很可惜地说道:"可不是吗?说起这个小姐原是大侠柳文卿的千金,因为……"药枫一听柳文卿三字,这就情不自禁地说道:"哦!原来她就是柳小萍吗?"静贞师太奇怪道:"赵爷如何认识她的?"

药枫恐怕露了马脚,遂摇头说道:"咱并不认识,不过咱曾经听人家说大侠柳文卿有个女儿,名叫柳小萍的。老师太,你且说下去,她到底为了什么要出家了呢?"静贞于是向他们约略告诉了一遍,并且说道:"两位大爷,你们说这位小姐可痴情吗?"剑峰点头说道:"确实痴情到了极点,真是可惜得很。"说着,遂在怀内取出一锭银子作为香金,他们便站起告别了。静贞师太不便留他们,遂送到庵门口,方才自回进内。

且说剑峰到了外面,向药枫悄悄问道:"那个白犹龙不就是你的仇人吗?怎么他被凤凰坡寨主杀死了呢?"药枫向四周望了一下,见没有什么人,遂低声儿笑道:"对于这一件事,咱没有告诉给你听。原来咱恨犹龙斫我一臂之仇,所以到柳家来谎报凶信,想不到柳小萍果然愿意落发为尼哩!这不是叫我也出了胸中

164

一口气吗?"剑峰听了，这才明白了，把手拍了他一下肩胛，笑道:"你真也是无赖，害得一个美人儿，不是要痛断肝肠了吗?"药枫笑道:"那么你生得这副俊美的脸蛋，不是可以给她一些安慰吗?"

剑峰听他这样说，心里倒是荡漾了一下。但一会儿，他又摇了摇头说道:"我想柳小姐既然如此情痴，绝非庸脂俗粉可比，只怕她未必肯顺从咱吧!"药枫道:"那么你难道就死了这条心了?"剑峰摇头道:"当然舍不得放弃，但是你得给咱想个法子。"药枫沉吟了一会儿，忽然笑道:"有了，只有这一个办法，那是再妙也没有的了。"剑峰好生快乐，遂忙笑道:"老大哥妙计安在?请你不要闷在肚子里好吗?"药枫于是凑过嘴去，附着他耳朵，如此这般低低地说了一阵。剑峰眉飞色舞，不禁拍手称妙。两人商量已定，遂兴冲冲地回家里去了。

且说小萍三脚两步回进云房，一颗芳心，犹别别乱跳。银菊见她慌张的神情，遂忙问她什么事。小萍道:"刚才有两个男子，目不转睛地望住了我，我真害怕哩!"银菊笑道:"小姐这样怕见生人，那么将来有香客来此，你难道不招待了吗?所以我劝小姐还是回家了吧!"小萍秋波白了她一眼说道:"你懂得什么?我出家，原是一心修行，岂肯招待什么香客吗?"银菊忙道:"既这么说，小姐何必要到庵里来修行?只要你立志为白爷守节，难道在家里就不好修行了吗?家里地方又大，也可以陈设一个经堂，那较在这儿修行要好得多了。"

小萍被银菊这么一说，心中也觉得颇以为然，不免沉吟了一会儿，但忽然又摇头说道:"话虽这么说，不过将来哥哥有了嫂子，对于我这个不出嫁的小姑，自然也会感到讨厌的。所以我在

165

家中修行，也是不会长久的呀！"说到这里，自不免又伤心落泪。银菊道："这是小姐过虑了，我想老爷太太在一日，哥哥嫂嫂当然也不敢说一句话。就是待老爷太太百年之后，他们自然也会给你安排舒齐的。婢女想，一个女孩儿家落发为尼，被外界说起来，总不十分好听。所以小姐只要一心修行，也不必落发，也不必出家，在家里念念经打打坐，岂不强如在外面抛头露脸好多了吗？"

小萍被银菊说服了，暗想：这妮子倒也有见识的，因此垂首不语。银菊见小姐并不回驳自己，心中暗暗欢喜，想道：只要小姐肯回家，那么这事情就慢慢地可以办了。于是又道："小姐假使认为婢女这话有理的话，那么明天我就回太太去，准定给小姐在家里修行好吗？"小萍道："你且不要性急，让我细细想一想，明天再作道理吧！"银菊听小姐虽没答应，却也没有拒绝，遂也不强劝她，随她自己去决定了。

到了晚上，小萍手持佛珠，在榻上静静打坐。银菊见小姐眼观鼻鼻观心地坐着，因为小姐是个如花似玉的美人儿，想不到竟这样命苦，因此呆呆地望着小萍，却暗暗地伤心了一回。不料就在这个静悄悄的当儿，突然之间，窗缝中戳进一柄雪亮的长剑来。银菊瞥眼瞧见，心里这一吃惊，不禁大喊起来。

说时迟那时快，窗户开处，外面早已跳进两个怪物，一个直奔小萍。小萍被银菊大声一叫，也睁眸来瞧，突然见有一个牛头怪物向自己直扑过来，心里一吓，不免昏厥过去。待银菊悠悠醒转，早已不见小姐的人儿了。她这一焦急，不免急出一身冷汗，就大喊老师太。静贞师太和众尼这时都在大殿上做功课，听里面有人这样狂喊，遂都走进来瞧仔细。只见银菊还跌在地上，窗户大开，夜风吹着烛火，不住地流泪，遂急问什么事。银菊忙道："你们这里可有鬼怪的吗？咱小姐被两个怪物捉去了呢？"

静贞听了这话，倒是一怔，忙说道："这儿从来也没有什么鬼怪，你说的到底是什么话呀？"银菊哭道："你不见窗户还开着哩！咱和小姐正在打坐，突然跳进两个怪物，一个马头一个牛头，他们把我的小姐背去了呢！"静贞和众尼听她说得这样认真，而且窗户又真的开着，一时大家心中也害怕起来。兼之夜风从窗外凉飕飕地吹到身上，顿觉毛骨悚然，不禁都吓得呆住了。

静贞到底上了年纪的人，遂立刻把香火并院役喊来，叫他们点起灯笼，到院子里四周去寻找。香火院役也是胆小的人，大家各怀鬼胎，四处找了一阵，但哪里还有柳小萍的影子呢！银菊心里这一悲痛，她不禁呜呜咽咽地哭起来了。因为这事情是多么重大，所以银菊不敢怠慢，遂连夜赶回到柳家村去告诉文卿等知道。

这时薛香涛母子和陆洪夫妇兄弟也都闻讯赶来，听了银菊的告诉之后，大家都不胜惊异。天仇说道："咱从来也不信有什么鬼怪，我想一定有什么歹徒见了萍妹的美貌，故而假扮妖物前来行劫吧！"若飞听了，点头说道："天仇哥哥的猜想颇是！银菊，你们可曾被什么歹徒窥见过没有？"

银菊沉思一会儿，忽然哦了一声说道："是的，白天小姐在大殿拜佛，她很慌张地奔逃进来，说有两个男子目不转睛地瞧着她，所以小姐十分害怕。当时咱劝小姐不要在庵中修行，反正小姐只要立志守节，在家里不是也可以修行吗，何必一定要落发为尼？小姐听婢子这么说，当时便有回心转意的样子，婢子还暗暗欢喜。不料夜里就出了这个乱子，可怜小姐此刻也不知在什么地方了呢！"银菊说到这里，便忍不住潸下泪来。

柳夫人到此，早已哭出声音来，叫道："我的苦命的孩子呀！"文卿生恐被病中祖母听见，更要急得受不住，所以劝住夫人，叫她不要伤心，一面向若飞说道："我此刻和你一同到莲花庵中去一次，就知分晓了。"天仇、陆豹听了，都欲同去。若飞于是吩咐备马，四人跳上马背，便向莲花庵而去。

到了庵里，静贞师太慌忙接入里面。一面很忧愁地说道："小庵从没有什么鬼怪出现过，今夜之事，真令人稀奇极了。"文卿道："我且问你，今天下午可有两个男子前来庵中进香吗？"静贞想了一会儿，点头道："哦！有的，柳老爷问他做甚？"文卿道："此二人姓甚名谁，不知家住何处，你可都知道吗？"静贞道："一个姓赵一个姓江，却不知叫什么名儿，也不知家住何处。那个姓赵的左臂没有，而且他还知道柳老爷的大名。"

文卿听了这话，皱了眉尖，不免沉吟了一会儿。若飞早道："姓赵的左臂没有，这可奇怪了，难道是马千忠的化姓吗？"天仇以手拍额，忽然说道："这样说来，事情有了蹊跷，莫非犹龙哥哥就是这狗蛋害死的吗？"陆豹睁大了眼睛，也高声嚷道："对，对！这狗蛋既把犹龙哥哥害死，故意再来报信，也许他从中还要来抢夺师妹呢！"若飞道："不过他又如何知道犹龙表哥和妹妹有这一头婚姻呢？"文卿道："咱们且不要议论，到云房内去视察一回再说吧！"于是由静贞师太伴到小萍打坐的一间房中。

天仇见窗户仍旧掩上着，遂伸手推开了，和若飞陆豹一一跳了出去。见外面是个小院子，前面有低矮围墙，沿墙植着许多树木，叶子被风吹动，奏出细碎的声响。若飞在月光之下，忽然瞧到墙脚下遗有一物，奔上去拾起一瞧，见是一只弓鞋。这就喊道："爸爸，爸爸！"

文卿在屋中听了叫声，遂也越窗跳出，问什么事情。若飞把弓鞋递过来说道："这可是妹妹之物吗?"文卿道："我也不知道，这是要拿回家去问你娘的。不过照事实说来，那当然是你妹妹的东西了。"说着，把手向墙外一指，于是四人纵身飞上墙头。

只见墙外东西有两条路，靠南是莲花庵，向北是一条小河。文卿道："向东是什么地方？向西是什么地方?"陆豹道："向东是江家庄，向西是黄叶村。"文卿暗暗念声"江家庄"，点了点头说道："咱们且进庵里去吧！"说着，便从墙头上轻轻跳下。

若飞、天仇、陆豹三人也不知他存的什么意思，于是跟着进内。静贞问道："柳老爷，你可曾找到一些线索了吗?"文卿摇头道："也找不到什么线索，我们回家吧！"说着，遂向静贞告别走出。四人跨上马背，向东而回。

若飞道："爸爸，照此瞧来，妹妹定是被歹徒劫去无疑的了。"文卿应了一声，不多一会儿，马儿早已到了江家庄。遂停马不前，向三人说道："劫小萍之贼，必在江家庄中，然而里面有两三百户人家，又打从哪儿去侦察好呢?"若飞、天仇、陆豹听他这样说，面面相觑，也觉束手无策。

谁知正在这时，在那清辉的月光之下，突然瞥见半空中飞过一个黑影。文卿说声"你们瞧"，他便早已离了马背，身子腾空而上了。若飞、天仇也运用轻功，把身子飞向天际而去。只剩了陆豹一人，管着四骑马匹，向天昂首而望。

未知那个黑影究系什么东西？且待《鸳鸯宝带》再行分解。

附　　录

从鸳鸯蝴蝶派谈到冯玉奇小说

裴效维

《民国通俗小说典藏文库·冯玉奇卷》《民国武侠小说典藏文库·冯玉奇卷》将收录冯玉奇的百余种小说作品，此举极其不易。现在，我愿以这篇文章给出版者呐喊助威。尽管我人微言轻，但我毕竟是一个中国文学的研究者，为鸳鸯蝴蝶派说些公道话是我的责任。

冯玉奇是一位鸳鸯蝴蝶派作家，因此我们要想了解冯玉奇，必须首先厘清有关鸳鸯蝴蝶派的一些问题。

一、何谓鸳鸯蝴蝶派

鸳鸯蝴蝶派作家平襟亚在《关于鸳鸯蝴蝶派》（署名宁远）一文中对鸳鸯蝴蝶派的来历说得很清楚：

> 鸳鸯蝴蝶派的名称是由群众起出来的，因为那些作品中常写爱情故事，离不开"卅六鸳鸯同命鸟，一双蝴蝶可怜虫"的范围，因而公赠了这个佳名。
>
> ——载香港《大公报》1960 年 7 月 20 日

可见鸳鸯蝴蝶派并不是一个有组织有宗旨的小说流派，而是因为当时流行的言情小说多写一对对恋人或夫妻如同鸳鸯蝴蝶般相亲相爱，形影不离，因而民间用鸳鸯蝴蝶小说来比喻这种言情小说，那么这种言情小说的作家群当然也就是鸳鸯蝴蝶派了。这种说法应该是可信的，因为民间常用鸳鸯和蝴蝶来比喻恋人或夫妻，很多民间文学作品中不乏其例。这一比喻非常形象生动，但并无褒贬之意，因此不胫而走。

传到新文学家那里，便加以利用，并赋予贬义，作为贬低对手的武器。但新文学家对鸳鸯蝴蝶派的界定并不一致，大致有两种看法。

一种看法认同民间的比喻说法，即将鸳鸯蝴蝶派小说局限为通俗小说中的言情小说，将鸳鸯蝴蝶派局限为言情小说作家群。鲁迅是这种看法的代表，他在1922年所写的《所谓"国学"》一文中说："洋场上的文豪又作了几篇鸳鸯蝴蝶派体小说出版"，其内容无非是"'卿卿我我''蝴蝶鸳鸯'"（载《晨报副刊》1922年10月4日）。又于1931年8月12日在社会科学研究会做了《上海文艺之一瞥》的长篇演讲，其中对鸳鸯蝴蝶派小说更做了形象而精辟的概括：

　　这时新的才子＋佳人小说便又流行起来，但佳人已是良家女子了，和才子相悦相恋，分拆不开，柳阴花下，像一对蝴蝶、一双鸳鸯一样。

——连载于《文艺新闻》第20、21期

此外，周作人、钱玄同也持这种看法。周作人于 1918 年 4 月 19 日在北京大学文科研究所小说研究会做《日本近三十年小说之发达》的演讲中，就说现代中国小说"还有《玉梨魂》派的鸳鸯蝴蝶体"（载《新青年》第 5 卷第 1 号）。次年 2 月，周作人又发表《中国小说里的男女问题》（署名仲密）一文，认为"近时流行的《玉梨魂》，虽文章很是肉麻，（却）为鸳鸯蝴蝶派小说的鼻祖"（载《每周评论》第 5 卷第 7 号）。与周作人差不多同时，钱玄同在 1919 年 1 月 9 日所写的《"黑幕"书》一文中也说："人人皆知'黑幕'书为一种不正当之书籍，其实与'黑幕'同类之书籍正复不少，如《艳情尺牍》《香闺韵语》及'鸳鸯蝴蝶派小说'等等皆是。"（载《新青年》第 6 卷第 1 号）这种看法后来被人称之为"狭义的鸳鸯蝴蝶派"看法。

另一种看法却将鸳鸯蝴蝶派无限扩大，认为民国年间新文学派之外的所有通俗小说作家都是鸳鸯蝴蝶派，他们的所有通俗小说都是鸳鸯蝴蝶派小说。这种看法的代表人物是瞿秋白和茅盾。瞿秋白从小说的内容方面来扩大鸳鸯蝴蝶派小说的范围，他在《财神还是反财神》一文中说，"什么武侠，什么神怪，什么侦探，什么言情，什么历史，什么家庭"小说，都是鸳鸯蝴蝶派小说（见人民文学出版社 1953 年 10 月版《瞿秋白文集》）。茅盾则从小说的形式方面来扩大鸳鸯蝴蝶派小说的范围，他在《自然主义与中国现代小说》一文中认定鸳鸯蝴蝶派小说包括"旧式章回体的长篇小说""不分章回的旧式小说""中西合璧的旧式小说""文言白话都有"的短篇小说（载 1922 年 7 月《小说月报》第 13 卷第 7 号）。这种看法后来被人称之为"广义的鸳鸯蝴蝶派"看法，而且逐渐成为主流看法，以致后来的文学研究者都接受了这种看法。

新文学家不仅在鸳鸯蝴蝶派的界定问题上分成了两派，而且在鸳鸯蝴蝶派的名称上也花样百出。如罗家伦因为徐枕亚等人好用四六句的文言写小说，便称其为"滥调四六派"（见署名志希的《今日中国之小说界》，载 1919 年《新潮》第 1 卷第 1 号），但无人响应。郑振铎因为《礼拜六》杂志为鸳鸯蝴蝶派的主要刊物之一，便称其为"礼拜六派"（见署名西谛的《新文学观的建设》一文，载 1922 年 5 月 21 日《文学旬刊》第 38 号）。这一说法得到了周作人、茅盾、瞿秋白、朱自清、阿英、冯至、楼适夷等人的响应，纷纷采用，以致使用频率越来越高，知名度越来越大，终于成为鸳鸯蝴蝶派的别称了。于是"鸳鸯蝴蝶派"和"礼拜六派"两个名称便被新文学家所滥用。如郑振铎在《新文学观的建设》一文中称"礼拜六派"，而在《〈文学论争集〉导言》一文中却称"鸳鸯蝴蝶派"（见上海良友图书公司 1935 年 10 月出版的《新文学大系·文学论争集》卷首）。还有人在同一篇文章里既称鸳鸯蝴蝶派，又称礼拜六派。如阿英在 1932 年所写的《上海事变与鸳鸯蝴蝶派文艺》一文中说：张恨水的所谓"国难小说"，与"礼拜六派的作品一样，是鸳鸯蝴蝶派的一体"，"充分地说明了鸳鸯蝴蝶派的作家的本色而已"（见上海合众书店 1933 年 6 月出版的《现代中国文学论》）。

茅盾在 20 世纪 70 年代觉得统称鸳鸯蝴蝶派或礼拜六派都不合适，于是提出了一个折中的看法，他在《紧张而复杂的生活、学习与斗争（上）——回忆录（四）》中说：

　　我以为在"五四"以前，"鸳鸯蝴蝶派"这名称对这一派人是适用的。……但在"五四"以后，这一派中有不少人也来"赶潮流"了，他们不再老是某生某女，而居然写家庭冲突，甚至写劳动人民的悲惨生活了，因此，如果用他们那一派最老的刊物《礼拜六》来称呼他们，较为合式。

——载 1979 年 8 月《新文学史料》第 4 辑

事实是该派在"五四"前后没有根本变化，都是既写言情小说，又写其他小说，将其人为地腰斩为两段，既显得武断，又无法掩盖当时的混乱看法。

这些混乱的看法导致后来的文学研究者无所适从：或沿用"鸳鸯蝴蝶派"的说法（如北大本《中国文学史》和《中国小说史稿》、复旦本《中国文学史》和《中国近代文学史稿》等）；或沿用"礼拜六派"的说法（如山东师院本《中国现代文学史》等）；或干脆别出心裁地称之为"鸳鸯蝴蝶—礼拜六派"（见汤哲声《鸳鸯蝴蝶—礼拜六小说观念的价值取向及其评价》，载《苏州大学学报》1992 年第 2 期）。这可真算是中国小说史上的一出有趣的滑稽戏了。

二、如何评价鸳鸯蝴蝶派

鸳鸯蝴蝶派的开山作品是 1900 年陈蝶仙的言情小说《泪珠缘》，因此鸳鸯蝴蝶派应该是指言情小说派，这也就是后来的所谓"狭义的鸳鸯蝴蝶派"，但被新文学家扩大为"广义的鸳鸯蝴蝶派"，实际上也就是民国通俗小说派。

鸳鸯蝴蝶派与同时期的"南社"不同，既没有组织，也没有纲领，而是一个在思想倾向和艺术风格上大体相同或相近的小说流派，连"鸳鸯蝴蝶派"这一招牌也是别人强加给它的。然而客观地说，鸳鸯蝴蝶派确实是一个产生过巨大影响的小说流派。在"五四"以前的近二十年间，它几乎独占了中国文坛；在"五四"以后的三十年间，虽然产生了新文学，但新文学只是表面上风光，而鸳鸯蝴蝶派却一派兴旺发达景象。我对"广义的鸳鸯蝴蝶派"做过不完全的统计：该派作家达数百人，较著名者有一百余人，所办刊物、小报和大报副刊仅在上海就有三百四十种，所著中长篇小说两千多种，至于短篇小说、笔记等更难以计数。在此前的中国文学史上，还没有哪个文学流派有过如此宏大的规模，产生过如此巨大的影响。

鸳鸯蝴蝶派由于规模宏大，又处在历史的一个巨变时期，其成员的确鱼龙混杂，其作品也良莠不齐，但总体来说，它形象地记录了中国二十世纪前五十年的历史，为中国读者提供了丰富的精神食粮，对中国小说的传承起过积极作用，因此应该给予充分的肯定。

鸳鸯蝴蝶派小说已经不是中国传统通俗小说的复制，而是一种改良的通俗小说。在形式方面，它既采用章回体，也采用非章回体，甚至采用了西洋小说的日记体、书信体等，至于侦探小说则更是完全模仿自西洋小说。在艺术手法方面，受西洋小说的影响非常明显，如增加了人物形象和景物描写，结构与叙事方式也趋于多样化，单线和复线结构并用，第三人称和第一人称叙述法兼施，还采用了倒叙法和补叙法。在内容方面，鸳鸯蝴蝶派小说已经扩大了描写范围，反映了当时社会生活的各个方面，甚至已经紧跟时事，及时反映当前的社会现实，被称为"时事小说"。如李涵秋的《广陵潮》描写辛亥革命，而他的《战地莺花录》则描写五四运动，这种及时反映当时发生的重大政治事件的小说，与多写历史故事的古代小说完全不同，显然是一大进步。鸳鸯蝴蝶派的言情小说，也不同于古代的才子佳人小说，而是一种新才子佳人小说。古代的才子佳人小说因面对森严的封建礼教，只能写才子与佳人偶尔一见钟情，以眉目传情或诗书传情的方式进行交流，最后皆是有情人终成眷属的大团圆结局。而这种大团圆结局完全是人为的：或出于巧合，或由于才子金榜题名，皇帝御赐完婚，这就完全回避了封建包办婚姻的问题。而民国年间的封建礼教已经在一定程度上松绑，尤其像上海、北京等大城市得风气之先，恋爱自由和婚姻自主思想已经渐入人心。因此有些鸳鸯蝴蝶派的言情小说也突破了古代才子佳人小说的窠臼，才子佳人已经敢于"相悦相恋，分拆不开，柳阴花下，像一对蝴蝶、一双鸳鸯一样"。其结局也不再全是有情人终成眷属的大团圆，而是"有时因为严亲，或者因为薄命，也竟至于偶见悲剧的结局……这实在不能不说是一个大进步"（鲁迅《上海文艺之一瞥》，连载于1931年7月27日、8月3日《文艺新闻》第20、21期）。言情小说由大团圆结局到悲剧结局的确是一个大进步，因为前者是回避封建包办婚姻礼制，而后者是控诉封建包办婚姻礼制。而这一进步的开创者是曹雪芹和高鹗，他们在《红楼梦》里所写的婚姻差不多都是悲剧。因此胡适称赞《红楼梦》不仅把一个个人物"都写作悲剧的下场"，而且最后"作一个大悲剧的结束，打破了中国小说的团圆迷信"（《〈红楼梦〉考证》，见1923年亚东图书馆版《胡适文存》)。可见鸳鸯蝴蝶派的言情小说在一定程度上继承了《红楼梦》开创的爱情婚姻悲剧模式，因而具有相当的反封建意义。我们可以徐枕亚的《玉梨魂》为例加以说明，因为该小说被新文学家指为鸳鸯蝴蝶派的代表性作品。

《玉梨魂》的故事很简单——清末宣统年间，小学教员何梦霞与年轻寡妇白梨影相爱，但两人均认为他们的这种行为是不道德的。为了得到感情的解脱，白梨影想出个"移花接木"的办法，即撮合何梦霞与自己的小姑崔筠倩订了婚。然而何梦霞既不能移情于崔筠倩，白梨影也无法忘情于何梦霞，结果造成了一连串的悲剧——白梨影在爱情与道德的激烈冲突下郁郁而死；崔筠倩因得不到何梦霞之爱而离开了人世；白梨影的公公因感伤女儿、儿媳之死而一病身亡；白梨影的十岁儿子鹏郎成了孤儿。何梦霞为排遣苦闷，先赴日本留学，继又回国参加了辛亥武昌起义（即辛亥革命），壮烈牺牲。

《玉梨魂》不仅描写了一个爱情婚姻悲剧，而且不同于一般的爱情婚姻悲剧。一般的爱情婚姻悲剧都是由封建势力造成的，即由包办婚姻造成的；而《玉梨魂》所写的爱情婚姻悲剧，其原因却是何梦霞和白梨影自身的封建道德。他们既渴望获得恋爱自由和婚姻自主的权利，又不能摆脱封建道德和封建礼教的束缚，两者激烈冲突，造成三死一孤的惨剧。从而揭露了封建道德和封建礼教的影响力是多么巨大，它已深入人们的骨髓，使其不能自拔。因此，它的反封建意义比一般的爱情婚姻悲剧更为深刻。

其实，新文学阵营也不是铁板一块，虽然大多数新文学家对鸳鸯蝴蝶派全盘否定，但也有少数新文学家态度比较客观，他们对鸳鸯蝴蝶派也给予一定的肯定。鲁迅是其中最突出的一位，他

不仅认为某些鸳鸯蝴蝶派的悲剧言情小说是"一大进步",而且不同意某些新文学家对鸳鸯蝴蝶派消极影响的夸大其词。他说:

> 至于说他流毒中国的青年,那似乎是过虑。倘有人能为这类小说所害,则即使没有这类东西也还是废物,无从挽救的。与社会,尤其不相干,气类相同的鼓词和唱本,国内非常多,品格也相像,所以这些作品也再不能"火上添油",使中国人堕落得更厉害了。

> ——《关于〈小说世界〉》,载《晨报副刊》
>
> 1923 年 1 月 15 日

这种客观的观点与前述周作人无限夸大鸳鸯蝴蝶派作品能使国民生活陷入"完全动物的状态"乃至"非动物的状态"的观点形成了鲜明对比。当抗日战争爆发后,鲁迅更提倡文学界的抗日统一战线,主张团结鸳鸯蝴蝶派一起抗日。他说:

> 我以为文艺家在抗日问题上的联合是无条件的,只要他不是汉奸,愿意或赞成抗日,则不论叫哥哥妹妹,之乎者也,或鸳鸯蝴蝶都无妨。但在文学问题上我们仍可以互相批判。

> ——《答徐懋庸并关于抗日统一战线问题》,
>
> 载《作家》月刊第 1 卷第 5 期

鲁迅不仅提倡团结鸳鸯蝴蝶派一起抗日，而且主张新文学派与鸳鸯蝴蝶派在文学问题上"互相批判"，这种平等对待鸳鸯蝴蝶派的度量，也与那些视鸳鸯蝴蝶派如寇仇，必欲置诸死地而后快的新文学家形成了鲜明对比。

对鸳鸯蝴蝶派给予肯定的不只鲁迅，还有朱自清和茅盾。朱自清认为供人娱乐是中国传统小说的特点，因此不赞成将"消遣"作为罪状来批判鸳鸯蝴蝶派小说。他说：

在中国文学的传统里，小说……更是小道中的小道，就因为是消遣的，不严肃。不严肃也就是不正经，小说通常称为"闲书"，不是正经书。……鸳鸯蝴蝶派的小说意在供人们茶余酒后的消遣，倒是中国小说的正宗。

——《论严肃》，载《中国作家》创刊号

茅盾也承认鸳鸯蝴蝶派小说也"写家庭冲突，甚至写劳动人民的悲惨生活"。他还从艺术性方面对鸳鸯蝴蝶派小说给予一定肯定。他认为鸳鸯蝴蝶派的有些长篇小说"采用西洋小说的布局法"，如倒叙法、补叙法，以及人物出场免去套语、故事叙述"戛然收住"等等，这一切是对"旧章回体小说布局法的革命"。还认为鸳鸯蝴蝶派的有些短篇小说学习了西洋短篇小说"截取一段人生来描写，而人生的全体因之以见"的方法："叙述一段人事，可以无头无尾；出场一个人物，可以不细叙家世；书中人物可以只有一人；书中情节可以简至只是一段回忆。……能够学到这一层的，比起一头死钻在旧章回体小说的圈子里的人，自然要高出几倍。"（《自然主义与中国现代小说》，载 1922 年 7 月 10 日《小说月报》第 13 卷第 7 号）

鲁迅、朱自清、茅盾毕竟属于新文学派，因此他们对鸳鸯蝴蝶派的肯定是有限的。我们应该摆脱成见与束缚，从中国文学史的角度，对鸳鸯蝴蝶派做出客观公正的评价。

三、如何看待冯玉奇的小说

我们澄清了以上有关鸳鸯蝴蝶派的三个问题，等于为介绍冯玉奇的小说提供了一个坐标，也等于为读者提供了一把参照标尺。读者用这把标尺，就可自行评判冯玉奇的小说了。

冯玉奇于 1918 年左右生于浙江慈溪，笔名左明生、海上先觉楼、先觉楼，曾署名慈水冯玉奇、四明冯玉奇、海上冯玉奇。据说他毕业于浙江大学（一说复旦大学）。1937 年九一八事变后寄居上海，感山河破碎，国事蜩螗，开始写作小说以抒怀。其处女作为《解语花》，由上海春明书店出版。出版后旋即由东方书场改编为同名话剧，演出后轰动一时。那时他才十九岁。由此一发而不可收，至 1949 年 7 月《花落谁家》出版，在短短十来年时间里，他创作的小说竟达一百九十多种，平均每年近二十种，总篇幅应该不少于三千万字，只能用"神速"来形容。这时他只有三十一岁。近现代文学史料专家魏绍昌先生（已去世）所编《鸳鸯蝴蝶派研究资料（史料部分）》（上海文艺出版社 1962 年10 月出版）开列的《冯玉奇作品》目录只有一百七十二种，也有遗珠之憾。不过我们从这一目录中仍可确定冯玉奇是一位以写言情小说为主的通俗小说作家，因为在一百七十二种小说中，言情小说占有一百二十二种，其他小说只有五十种：社会小说三十四种、武侠小说十四种、侦探小说两种。

冯玉奇不仅是一位写作神速且极为多产的通俗小说作家，还是一位热心的剧作家和剧务工作者。早在他二十六岁（1944年）时，就担任了越剧名伶袁雪芬的雪声剧团的剧务，并为之创作了《雁南归》《红粉金戈》《太平天国》《有情人》《孝女复仇》五大剧本，演出效果全都甚佳。在他二十七到二十八岁（1945～1946）时，又与他人合作，前后为全香剧团和天红剧团编导了《小妹妹》《遗产恨》《飘零泪》《义薄云天》《流亡曲》等二十多个剧本，演出效果同样甚佳。可见冯玉奇至少写过十几个剧本。

冯玉奇一生所写的小说和剧本总计不下两百五十种，总篇幅可能达到四千万字以上，是名副其实的"著作等身"，是当之无愧的中国最多产的作家，号称多产的同派小说家张恨水也难望其项背。当时的文学作品已是一种特殊商品，冯玉奇的小说如此畅销，其剧本演出又如此轰动，这足可以证明其受人欢迎，这就是读者和观众对冯玉奇的评价，它比专家的评价更为准确，也更为重要。遗憾的是，我们无法看到他的剧作和三十岁以后的作品，也不知其晚景如何，卒于何年。

从冯玉奇的生活年代和创作时段来看，他显然是鸳鸯蝴蝶派的后起之秀，所以尽管他作品如此之多，影响如此之大，而同派的老前辈却很少提到他，这也是"文人相轻"的表现之一。

按说要介绍冯玉奇的小说，应该将其全部小说阅读一遍，但我没有这么多时间，也没有这么大精力，因而只向中国文史出版社借阅了《舞宫春艳》《小红楼》《百合花开》三种，全都是言情小说。因此我只能以这三种言情小说为例加以介绍，这可能会犯以偏概全的错误，因此只能供读者参考。

《舞宫春艳》写了两个纠缠在一起的爱情婚姻悲剧故事：苏州富家子秦可玉自幼与邻居豆腐坊之女李慧娟相恋，由于门第悬殊，秦可玉被其父禁锢，二人难圆成婚之梦。不幸李慧娟生下了一个私生女鹃儿，只好遗弃，自己则郁郁而死。鹃儿被无赖李三子收养，长大后卖到上海做伴舞女郎，改名卷耳。中学生唐小棣先是爱上了姑夫秦可玉家的婢女叶小红，不料叶小红失踪，于是移情于卷耳，但无钱为卷耳赎身，两人感到婚姻无望，于是双双吞鸦片自尽。

《小红楼》的故事紧接《舞宫春艳》：曾经被唐小棣爱过的叶小红的失踪，原来也是被无赖李三子拐卖为伴舞女郎，小棣、卷耳自杀后，小红才被救了回来，并被秦可玉认为义女。经苏雨田介绍，与辛石秋相识相恋而订婚。同时石秋的姨表妹巢爱吾也爱石秋，但石秋既与小红订婚在先，便毅然与小红结婚。爱吾为了摆脱难堪的地位，离家出走，下落不明。石秋奉父命赴北平探望二哥雁秋，在火车站被人诬陷私带军火，被军人押到司令部。可巧爱吾此时已成为张司令的干女儿兼秘书，便设法救了石秋一命。但张司令强迫石秋与爱吾结婚，二人既不敢违命，又固守道德，便以假夫妻应付。后来石秋回到家里，终于与小红团聚。

《百合花开》写了两个紧密相关的爱情婚姻故事：二十岁的寡妇花如兰同时被四十二岁的教育家盖季常和十八岁的革命青年盖雨龙叔侄俩所爱，而盖季常的十六岁侄女盖云仙又同时被三十六岁的银行家杨如仁和十九岁的革命青年杨梦花父子俩所爱。经

185

过许多曲折后，终于两位长辈让步，盖雨龙与花如兰、杨梦花与盖云仙同场结婚。

由以上简单介绍可知，冯玉奇的这三种小说共写了五个爱情婚姻故事，其中两个是悲剧结局，三个是有情人终成眷属。这正如鲁迅所说："有时因为严亲，或者因为薄命，也竟至于偶见悲剧的结局……这实在不能不说是一个大进步。"其次，这三种小说的五个爱情婚姻故事，倒有四个是三角爱情婚姻故事，但它们的情况并不雷同。唐小棣、叶小红、卷耳的三角恋是一男爱二女，辛石秋、叶小红、巢爱吾的三角恋是两女爱一男，而盖季常、盖雨龙、花如兰和杨如仁、杨梦花、盖云仙的三角恋更为异想天开，竟然都是两辈嫡亲男人（叔侄、父子）同爱一个女子。可见冯玉奇极有编故事的才能，从而使作品更具吸引力和娱乐性。又次，这三种言情小说的描写极为干净，没有任何色情描写。除了秦可玉与李慧娟有私生女外，其他人都非礼勿言，非礼勿行。如辛石秋与叶小红因婚礼当天石秋之母去世，为了守孝，新婚夫妻在百日之内没有圆房。而辛石秋与姨表妹巢爱吾为了对得起叶小红，虽被张司令强迫成亲，却只做了几天假夫妻。

从表现形式和艺术手法来看，我觉得冯玉奇的小说与当时新文学的新小说都受了西洋小说的影响，基本相同。譬如：两者都突破了传统小说书名的套路，不拘一格，尤其采用了一字书名和二字书名，如冯玉奇有《罪》《孽》《恨》《血》和《歧途》《逃婚》《情奔》等；而巴金有《家》《春》《秋》，茅盾有《幻灭》《动摇》《追求》。两者的对话方式也突破了传统小说的套路，灵活自如：对话既可置于说话者之后，也可置于说话者之前，还可将说话者夹在两句或两段话之间。至于小说的结构法、叙述法与描写法，更是差不多的。譬如人物描写不再是"沉鱼落雁""闭月羞花""倾国倾城"之类的千人一面，景物描写也不再是"落红满地""绿柳成荫""玉兔东升"之类的千篇一律，而加以具体描绘。这里随便举一个例子：

> 小红坐在窗旁，手托香腮，望着窗外院子里放有一缸残荷，风吹枯叶，瑟瑟作响。墙角旁几株梧桐，巍然而立。下面花坞上满种着秋海棠，正在发花，绿叶红筋，临风生姿，可惜艳而无香，但点缀秋色，也颇令人爱而忘倦。

这是《小红楼》对莲花庵一角的景物描绘，虽然算不上十分精彩，但作者通过小红的眼睛描绘了院中的三样东西——风吹作响的"枯荷"、巍然挺立的"梧桐"、正在开花的"海棠"，从而衬托出莲花庵幽静的环境，曲折地表明了时在秋季。频繁使用巧合手法是冯玉奇小说的显著特点，可以说把所谓"无巧不成书"用到了极致。巧合手法有助于编织故事，缩短篇幅，增加作品的吸引力等，但使用过多则时有破绽，有损于作品的真实性。冯玉奇的某些小说也采用了章回体，但只是标题用"第×回"和对偶句，"却说""且听下回分解"之类的套语已不再经常出现，因此并非章回体的完全照搬。况且章回体并非劣等小说的标志，它在我国小说史上发挥过巨大作用，产生过杰出的四大古典小说。因此用章回体来贬低冯玉奇的小说，也是毫无道理的。

冯玉奇的小说也有明显的缺点。它们与其他鸳鸯蝴蝶派小说一样，主要注重小说的娱乐性，而忽视小说的社会性和艺术性，因此没有产生杰出的作品。他是南方人而小说采用北方话，加之写作速度太快，无暇深思熟虑，导致语言不够流畅，用词不够准确，还有许多错别字和语病。还有使用"巧合"法太多，有时破绽明显，这里不再举例。

总而言之，冯玉奇既不是"黄色"和"反动"小说家，也不是杰出小说家，而是一位勤奋多产、有益无害的通俗小说家，他应在中国小说史尤其是中国现代小说中占有一席之地。

2017 年 6 月 4 日于北京蜗居

图书在版编目(CIP)数据

如意劫 / 冯玉奇著. — 北京：中国文史出版社,2018.2
（民国武侠小说典藏文库·冯玉奇卷）
ISBN 978 - 7 - 5034 - 9641 - 7

Ⅰ. ①如… Ⅱ. ①冯… Ⅲ. ①侠义小说 - 中国 - 现代
Ⅳ. ①I246.5

中国版本图书馆 CIP 数据核字（2017）第 248103 号

点　　校：缪辛亥
责任编辑：蔡晓欧

出版发行：**中国文史出版社**
网　　址：http://www.chinawenshi.net
社　　址：北京市西城区太平桥大街 23 号　邮编：100811
电　　话：010 - 66173572　66168268　66192736（发行部）
传　　真：010 - 66192703
印　　装：北京盛彩捷印刷有限公司
经　　销：全国新华书店
开　　本：720 ×1020　1/16
印　　张：12.25　　　字数：132 千字
版　　次：2018 年 2 月第 1 版
印　　次：2018 年 2 月第 1 次印刷
定　　价：39.80 元